KB266548

탐미경

탐미경

얼굴을 바꿔 드립니다

최세화 장편소설

푸른숲주니어

TAMMIKYUNG

차례

첫 번째 지진

미를 탐하는 이들을 위한 시스템, 탐미경食美鏡이 스물네 번째 업데이트를 마친 날이었다.

수림은 바싹 말라 햇볕 향기를 풍기는 옷소매에 팔을 끼워 넣었다. 곁눈질로 시스템 업데이트가 완료된 것을 확인한 뒤, 홀로그램 비서가 띄운 오늘의 몸 상태 알림을 끄고 SNS를 켰다. 혹시나 유행이 바뀌진 않았는지 매일 SNS를 훑어보아야 했다. 얼마 전까진 고양이 같은 눈매가 가장 인기가 많았지만, 하루 사이에도 유행은 바뀔 수 있으니까.

수림은 수백 개의 댓글이 달리고 수천 개의 리포스트가 된 게시물 하나를 발견했다. 모두 보라색 눈동자에 대해 얘기하고 있었다. 별빛을 흩뿌린 듯 자글자글한 펄이 떠다니는 아름다운 눈이었다. 환상 속 생명체의 눈동자 같았다.

수림이 눈동자의 카테고리를 확인했다. 안타깝게도 보랏빛 눈동자는 가장 비싼 프리미엄 요금제에 속했다.

'아쉽다, 이건 정말 예쁜데…….'

미련이 뚝뚝 떨어지는 눈으로 게시물을 물끄러미 들여다보다가 손가락을 움직였다. 옆으로 넘겨 보니 다행히 베이직 요금제로도 사용할 수 있는 것들이 많이 나왔다. 수림은 그중 가장 나은 것을 골라내고, 눈동자를 보라색으로 설정해 두었다. 당분간 수림과 함께할 외형이었다.

하루가 멀다 하고 바뀌는 유행을 쫓아가는 것에 지쳐 자신만의 스타일을 고수하는 이들이 있다고도 들었지만, 적어도 학교에서는 그렇지 않았다. 아예 레트로 스타일을 지향하는 힙한 몇몇이라면 모를까, 유행이 지난 외형으로 학교에 갔다가는 촌스럽다는 이야기를 듣기 십상이었다. 지난주에는 한 아이가 일 년 전에나 유행했던 인디언 보조개를 설정하고 와서 온 교실이 웃음바다가 되었다.

때때로 이유 모를 회의감이 목구멍을 들쑤시며 치솟아도 수림은 그것이 입 밖에 나오지 못하도록 다시 꾸역꾸역 밀어 넣었다. 교실이라는 좁은 사회에선 유행을 놓치면 소외되는 건 순식간이니까.

적당히 중상위권의 성적을 유지하고, 적당한 수의 친구들과 함께 다니고, 적당히 평범한 취미를 가진 아이. 특별히 눈에 띄게 뛰어난 점은 없지만 그렇다고 남들보다 모자란 점도 없는 아이. 수림은 그런 자신의 위치가 마음에 들었다. 눈에 띄고 싶진 않지만 그렇다고 뒤처지고 싶지도 않았다. 앞으로도 평범한 '학생 1'로 살아가고 싶었다. 그러기 위해선 유행에 너무 둔감해서는 안 된다.

아주 오래전에는 성형이니 시술이니 하는, 어느 정도의 위험 부담을 안고 물리적인 고통을 견뎌야만 얼굴을 바꿀 수 있었다고 들었다. 수림은 아름다워지기 위해 피부에 칼과 주삿바늘을 대는 누군가의 모습을 상상해 보았다. 눈을 비비다가 실수로 살짝 눈가를 긁어도 아릿한 통증이 느껴지는데 그보다 훨씬 더한 고통을 견뎌야 한다니.

이제 얼굴을 바꾸는 것은 어려운 일이 아니었다. 누구나 손쉽게 외형을 바꿀 수 있는 시스템, '탐미경'이 발명된 지 벌써 십 년이 되었기 때문이다.

탐미경은 혁명이었다. 안면에 나노 칩 하나만 이식하면 평생 이목구비는 물론 머리칼의 색깔, 눈동자 색 따위도 언제든 바꿀 수 있었다. 게임 속 캐릭터를 커스터마이징하듯 탐미경 애플리케이션으로 사용자의 얼굴을 조절하면 나노 칩이 몸 안에서 얼굴을 바꾸어 주었다. 이를테면 빼어난 기술로 만들어진 생체 밀착형 가면 같은 것이었다.

사람들은 탐미경의 안정성이 채 입증되기도 전에 앞다퉈 나노 칩을 이식했다. 연예인처럼 화려하고 아름다운 외모를 쉽게 얻을 수 있다는 건 아주 매력적인 일이었으니까. 외모에 큰 관심이 없는 이들조차 나노 칩 이식에 나섰다. 누구나 작은 콤플렉스 하나쯤은 가지고 있으니 말이다. 탐미경은 홀로그램 패드만큼이나 높은 보급률을 자랑하는 필수 아이템이었다.

"엄마, 나 좀 봐 봐. 어때?"

수림은 새로운 외형으로 한껏 꾸민 얼굴을 들이대며 물었다. 엄마가 토스트가 담긴 접시를 식탁에 내려놓으며 수림의 눈동자를 빤히 응시했다.

엄마는 "응, 예쁘네." 하고 말했지만 그 시선은 수림의 눈동자 너머를 바라보는 듯했다. 수림은 엄마가 탐미경이 띄운 눈이 아닌 자신의 진짜 눈을 마주하는 것처럼 느껴졌다.

수림은 토스트를 빠르게 먹어 치우고, 책가방을 챙겨 집을 나섰다. 수림의 눈동자 안에는 유심히 들여다봐야 발견할 수 있을 만큼 미세하게 일렁이는 파도가 있었다. 그것이 시스템이 만들어 낸 환상인지, 오늘따라 싱숭생숭한 수림의 마음 때문인지는 자신조차 알 수 없었다.

*

책상 사이를 걸어 자리로 향하자 연수가 수림을 향해 손을 흔들었다. 연수의 눈길이 가장 먼저 향한 곳은 수림의 눈동자였다.

"오, 역시 한수림! 텔레파시 통했군."

연수의 눈동자 역시 보랏빛으로 빛나고 있었다. 연수뿐만이 아니었다. 현재, 상이, 조은이……. 바로 지난주까지만 해도 교실의 모든 아이들이 쭉 찢어진 고양이 눈매였는데, 겨우 며칠 사이 동그란 눈에 보랏빛 눈동자가 대세가 되었다.

교실 안의 모든 아이들이 비슷한 얼굴, 비슷한 스타일을 하고 있다. 수림은 오늘따라 그 사실이 좀 우스꽝스럽게 느껴졌다. 하지만 금세 아무렇지 않게 친구들과 인사했다.

"당연하지. SNS에서 봤는데 보라색 눈이 너무 예뻐 보이더라고."

연수가 손바닥을 내밀었다. 수림도 손을 뻗어 가볍게 하이 파이브를 했다. 그리고 막 자리에 앉으려던 때였다. 의자를 빼내려 뒷걸음질 친 수림은 곁을 막 지나치려던 친구와 툭, 부딪히고 말았다.

"아, 미안."

수림이 반사적으로 돌아서자, 학기 초 수림과 친했던 은유가 서 있었다. 은유는 "아냐, 나도 미안." 하며 손사랫짓했다. 은유

역시 보라색 눈을 하고 있었다. 얼핏 수림과 비슷해 보이지만, 은유의 눈 안에는 별빛 같은 펄이 아름답게 떠다니고 있었다. 프리미엄 요금제 눈이었다.

은유가 어색하게 수림을 스쳐 지나갔다. 그리고 교실 한편, 프리미엄 눈동자를 가진 친구들에게 자연스럽게 섞여 들어갔다. 수림은 은유의 뒷모습을 물끄러미 바라봤다. 말도 잘 통하고 웃음 포인트도 비슷해서 많이 친해질 거라고 생각했는데, 이제는 오며 가며 눈인사 정도나 하는 사이가 되었다.

은유와 멀어질 만한 특별한 계기가 있었던 건 아니다. 시간이 흐르며 교실에 보이지 않는 선이 생겨났을 뿐이었다. 프리미엄 요금제를 쓰는 친구들과 그 아래의 요금제를 쓰는 친구들 사이의 선.

프리미엄 요금제를 쓰는 아이들은 소수에 불과했다. 아이들에게 값비싼 프리미엄 요금제를 구독하게 해 주는 부모는 많지 않기 때문이다. 그래서 그 '보이지 않는 선'은 더더욱 견고해졌다. 이제는 절대 건너갈 수 없을 것 같다는 생각이 들 만큼.

수림이 자리에 앉자, 조은이 호들갑을 떨면서 수림의 손등을 톡톡 두드렸다.

"수림아, 내가 웃긴 얘기 해 줄까? 오늘 현재랑 상이랑 셋이 같이 등교했거든."

"아니, 넌 그걸 또 뭐 하러 얘기하냐고."

"야, 강현재, 죄인은 입을 다물어라. 변명 안 받는다고! 어쨌든 우리 만나서 인사하고 한 십 분 걸었나? 현재가 갑자기 나 보고 '상이야', 그러는 거야. 알고 보니까 십 분 내내 나랑 상이를 바꿔서 생각하고 있었대! 진짜 제정신 아니지 않냐?"

"그게 아니고……. 아, 자다 일어난 지 얼마 안 돼서 정신이 없었다니까!"

"아무리 그래도 친구를 헷갈려? 너는 용서가 안 되는 중죄를 저질렀다. 얌전히 죽어라."

조은은 상이와 함께 에잇, 에잇 하며 현재의 팔뚝을 때리는 시늉을 했다. 과장스레 울부짖는 현재와 허공에 주먹을 날리는 조은, 상이의 콩트 같은 모습에 웃음이 새어 나왔다.

사람마다 그 사람 특유의 몸짓, 목소리, 숨길 수 없는 골격과 타고난 생김새가 있다. 일란성 쌍둥이도 자세히 살펴보면 묘하게 다른 부분이 있는 것처럼, 얼굴이 비슷해도 각자의 생김새는 드러나기 마련이다.

다만 모두가 비슷한 외형을 하고 있다 보니 친구들을 헷갈리는 일이 왕왕 있었다. 아무도 그것을 이상하게 생각하지 않았다. 그저 잠시 웃고 지나가는 해프닝에 불과했다.

모두가 똑같은 얼굴. 베이직 요금제와 프리미엄 요금제 사이의 간극. 그 모든 것이 기묘했지만, 다들 자연스럽게 받아들이고 있는 것 같았다. 수림은 이상한 나라에 떨어진 앨리스가 된 기분이었다.

요즘 들어 수림을 덮치는 이 이질감과 희미한 불쾌감은 무엇일까. 아마도 얼마 전 보았던 영상 때문일 것이다.

〈다큐멘터리―지나온 시대를 되짚다〉

수림이 구독 중인 영상 플랫폼에서 거의 사라지기 일보 직전이었던 그 영상은 하트도 겨우 두어 개밖에 찍혀 있지 않았다.

"……와, 이게 뭐야."

영상을 재생한 수림의 입에서 짧은 탄식이 새어 나왔다. 홀로그램 패드에 떠오른 영상 속 옛사람들은 모두 활기에 차 있었다. 기술은 지금보다 뒤떨어져 있었을지 모르나 무언가 더 나은 내일을 기대하는 희망이 느껴졌다. 무엇보다도 수림의 눈을 사로잡은 것은 제각기 다른 생김새를 가진 사람들의 얼굴이었다. 모두가 예쁘다거나 멋지다곤 할 수 없지만, 자세히 뜯어보면 한 사람 한 사람마다 독특한 개성을 가지고 있었다.

수림은 자신의 기억이 시작되던 아주 어린 시절부터 탐미경을 이용해 왔다. 어린 시절 외모 콤플렉스 때문에 주눅 든 채 학교에 다녔던 엄마가 탐미경의 안정성을 확인하자마자 수림에게 나노 칩을 이식시켜 주었다. 그 덕에 수림은 언제든 자신의 외모를 바꾸고 갈아 끼우는 데 익숙해져 있었다.

그랬기 때문에 수림의 눈에 탐미경은커녕 아무런 과학 기술도 덧대어지지 않은 옛사람들의 얼굴이 더더욱 충격으로 다가왔다. 어떤 이는 쌍꺼풀이 없는 쭉 찢어진 눈매가 매력적이었고, 어떤 이는 뭉툭한 콧날이 듬직해 보였다. 요즘도 몇몇이 탐미경을 통해 주근깨를 설정하기도 했지만, 진짜 주근깨에 비하면 탐미경으로 만든 주근깨는 한없이 인위적인 소품에 지나지 않아 보였다.

수림은 여러 사람이 나오는 장면에서 영상을 정지하고 그들의 얼굴을 찬찬히 훑어보았다. 선이 굵은 턱을 가진 이, 속쌍꺼풀을 가진 이, 코가 위로 들린 이, 웃을 때 광대뼈가 툭 불거져 보이는 이. 제각기 다른 이들의 얼굴이야말로 '진짜 얼굴'이라는 생각이 들었다.

이게 진짜 얼굴이라고? 그렇다면 나는 지금 '가짜 얼굴'을 하고 있는 걸까? 왜 모두 허상에 가까운 것에 목을 매는 거지?

말없이 화면을 바라보던 수림이 패드를 종료했다. 픽, 화면이 꺼지며 미세한 소음이 일었다. 그날부터 수림의 마음을 이따금씩 울리는 파문이 생기기 시작했다.

"수림, 수림!"

귓가를 파고드는 목소리에 수림이 퍼뜩 정신을 차렸다. 어느새 교실로 들어온 담임선생님이 수림의 눈앞에 딱, 하고 핑거 스냅을 튕겼다. 아이들도 모두 제자리로 돌아간 채였다.

"얘 또 왜 멍 때리니."

내가 언제 멍을 때렸다고. 수림은 속으로 툴툴거리며 자세를 바로 했다. 선생님은 오늘의 전달 사항을 간략히 설명해 주곤 반 아이들을 쭉 훑어보았다.

"오늘은 보라색 눈동자가 유행인가 보네? 이 작은 클론들 같으니라고."

"선생님도 바꿔 보세요! 이거 진짜 예뻐요."

"됐다. 너희도 이 나이 돼 봐, 그거 맨날 신경 쓸 기력도 없어."

선생님의 이름에는 요즘 이름에 잘 쓰이지 않는 '옥'이라는 글자가 있었다. 아이들은 '옥' 자와 선생님의 '수수'한 외모를 합쳐 '옥수수 쌤'이라는 별명을 붙였다.

다만 옥수수 쌤 역시 튀지 않는 단정한 스타일을 설정해 두었을 뿐이지, 탐미경을 이용하는 건 매한가지일 것이다. 통통하고 평범한 옥수수 쌤을 은근히 흉보는 아이들도 있었다. 미술 과목을 담당하고 있는데도 '미'를 추구하지 않는 게 태만해 보인다는 이유였다. 하지만 누가 뭐라고 하든 수림의 눈에는 옥수수 쌤이 더 개성 있고 멋스러워 보였다.

수림은 다큐멘터리 속 옛사람들의 얼굴을 떠올렸다. 이제는 모두가 가짜 얼굴을 들고 다니는 시대란 생각이 들었다. 웃음이 새어 나왔다. 정말 웃겨서 나온 것이 아니라, 연극 무대의 인형이 된 듯한 기이함에 흘러나온 코웃음이었다.

수림은 패드 한구석에 끄적끄적 그림을 그렸다. 둥그스름한 얼굴에 날개 뼈까지 오는 파마머리. 자신의 '진짜 얼굴'을 그려 보고 싶었지만, 아무것도 생각나지 않았다.

탐미경을 끄고 진짜 얼굴을 본 게 언제인지 기억도 나지 않았다. 마치 처음부터 존재하지 않았던 것처럼 진짜 얼굴이 전혀 떠오르지 않았다.

내가 잃어버린 것은 무엇일까. 수림은 이목구비 대신 물음표 하나를 크게 그려 넣었다. 그리고 이내 손바닥으로 그 그림을 모두 지워 버렸다. 짧은 손짓 한 번에 물음표로 채워진 얼굴이 흔적도 없이 사라졌다.

*

집으로 돌아온 수림은 가방을 방바닥 아무 곳에나 던져두었다. 그러곤 옷도 갈아입지 않은 채 침대 위로 몸을 던졌다.

가방이 바닥에 떨어지는 소리, 침대로 향하는 수림의 발소리, 바스락거리는 침대 이불 소리가 모두 잦아들고 고요가 찾아왔다. 아주 미세하게 흐르는 한 사람분의 숨소리만이 들려왔다. 아직 저물지 못한 햇살이 창문을 넘어 들어왔다.

방바닥을 적시는 붉은 햇빛이 침대의 흰 시트를 물들이고 발끝에 닿을 때까지 수림은 가만히 생각에 잠겼다. 종일 머릿속이 복잡했다. 교실 안을 가로지르는, 보이지 않는 선. 탐미경이 만들어 낸 가짜 얼굴을 맞댄 아이들…….

이 마음을 해결하려면 어떻게 해야 할까? 엄마를 졸라 요금제를 업그레이드한다면 마음이 편해질까? 프리미엄 요금제를 쓴다면, 그 이후에 찾아올 또 다른 강박에서는 자유로울 수 있을까? 탐미경으로는 얻을 수 없는 더 좋은 목소리, 더 예쁜 몸매, 더 좋은 비율에 대한 강박에서.

그렇다면 차라리 탐미경 구독을 아예 끊어 버리는 건 어떨까. 남들이 손가락질을 하든 말든, 괴짜 취급을 하든 말든, 완전히 자유로워질 수 있다면…….

시간이 얼마나 흘렀을까, 수림은 천천히 몸을 일으켜 홀로그램 패드를 켰다. 패드를 가득 채운 수많은 아이콘을 지나 탐미경에 접속했다. 언제나 들락거렸던 스타일 변경 창을 지나 시스템 설정에 들어가자 낯선 글씨들이 너울거렸다.

× **탐미경** ×

시스템 업데이트 (ver. 24.0.03)

모드 설정

시스템 OFF

느릿하게 들어 올려진 수림의 손가락이 '시스템 OFF' 버튼 위를 배회했다. 탐미경 구독을 끊을 용기는 도저히 생기지 않았지만, 잠시라도 자신의 '진짜 얼굴'을 확인해 보고 싶었다.

고작 버튼 하나 누르는 일이다. 그저 다시 시스템을 껐다가 켜는 단순한 일일 뿐이다. 그럼에도 수림은 버튼이 마치 한 세계를 폭파하는 장치처럼 느껴져, 쉽게 손을 움직일 수가 없었다.

망설이며 눈을 깜빡이던 수림의 가느다란 손끝이 흔들리며 버튼을 훑었다. 닿았나, 싶을 만큼 미세한 접촉에 화들짝 놀라 데인 듯 화다닥 손을 떼어 냈다.

시스템을 종료합니다.

인위적으로 만들어진 음성이라고는 믿을 수 없을 만큼 부드럽고 자연스러운 안내 음성이 들려오고, 미처 돌이킬 새도 없이 모든 것이 녹아내렸다. 최신 유행에 맞추어 설정해 두었던 예쁜 아치형 눈썹도, 보드랍고 둥그런 코끝도, 끝이 살짝 올라가 호감을 자아내는 도톰한 입술도.

모두 녹아내렸다. 수림의 세계가.

나고 자랄 때부터 당연하게 탐미경을 이용해 온 수림의 세계를 뒤흔든 첫 번째 지진이었다.

탐미경으로는 바꿀 수 없는 것

ㄴ ㅇㅇ 이래놓고 유행 바뀌면 제일 먼저 따라 할 거 알아~

    ㄴ ㄹㅇ

    ㄴ ㅇㅈ 이런 애들이 제일 민감함

ㄴ 먹이 그만 주고 다음 유행이나 예측해 보자

ㄴ 정유민 이번 영화에서 옛날 동양 미인 st 스타일링 개쩔던데
본 사람? 딱 그런 얼굴이 유행할 듯

    ㄴ 그게 뭐가 예쁘냐? 길에 널린 게 동양인인데

        ㄴ 네 다음 동양인~

    ㄴ 이 새끼 영화 홍보 바이럴인 듯

수림은 의미 없이 이어지는 댓글을 따라 눈동자를 아래로 굴리다가 힘없이 창을 종료했다. 사람들은 처음엔 수림을 비꼬고 공격하다가 이내 저들끼리 싸우기 시작했다. 나름대로 고민에 고민을 거듭하다가 올린 글인데 생각 없는 어린애 불평 취급을 받은 것 같아 기분이 좋지 않았다.

탐미경을 종료해 본 건 기억도 나지 않을 만큼 오랜만의 일이었다. 아주 어릴 적, 엄마가 탐미경을 설정해 준 이후 첫 종료인 것도 같았다. 그 뒤로 며칠째 수림은 복잡한 생각에 빠져 있었다.

친구들에게 넌지시 이야기를 꺼내 봤자 그게 뭐가 대수냐는 반응이고 간혹 별종처럼 보는 아이도 있었다. 그럴 때마다 수림은 "아니 그냥, 갑자기 그런 생각이 들어서. 아니면 말고." 하며 말을 얼버무렸다. "별생각을 다 하네, 너 MBTI N이지?" 하며 깔깔 웃는 친구들에게 수림은 가만히 미소를 지어 보였다. 대세를 거스르는 건 웬만한 용기로는 할 수 없는 일이었다.

지난 며칠의 기억을 되짚으며 눈을 감고 있는데 띠링, 하고 맑은 알림 음이 울렸다.

미술 합반 시간에 같은 조가 된 슬훈이었다. 이번 학기 미술 숙제는 '아날로그 초상화 그려 주기'였다. 수림은 몸을 일으켜 메시지를 다시 한번 찬찬히 읽어 보았다. 기분 좋은 두근거림이 몸을 타고 귓가로 뻗어 나갔다.

슬훈을 처음 만난 미술 시간이 떠올랐다. 특별히 사교성이 빼어난 편도 아니고, 같은 반 아이들 외엔 딱히 교류가 없던 수림은 그날 무작위로 맺어진 조 편성표에서 그 이름을 처음 보았다.

3조

안슬훈 한수림

슬훈. 독특한 이름이었다. 수림은 그 낯선 이름을 입속에서 몇 번 굴려 발음해 보았다. 얼핏 '슬픈'으로도 들리는 이름. 하지만 성이 안 씨여서 성이 붙으면 '안 슬픈' 이름이 되었다. 고작 한 글자 차이로 웃음과 슬픔이 공존하는 그 애의 이름이, 수림은 이상하게 마음에 들었다.

3조 자리를 찾아가니 슬훈이 앉아 있었다. 수림은 다시 한번 슬훈의 이름을 되뇌며 그 옆자리에 앉았다. 한 학기 동안 미술 수업을 들으며 함께 숙제를 해 나가야 했다.

슬훈이 먼저 인사를 건넸다.

"안녕, 처음 보네. 안슬훈이야. 숙제 잘해 보자."

'망했네.'

이것이 수림의 첫 감상이었다. 다른 남자아이들 같지 않은, 끝을 부드럽게 눌러 말하는 목소리를 듣는 순간 마음이 일렁이고 만 것이다. 형식적인 인사 몇 마디를 나눴을 뿐인데 말이다. 어쩐지 이름을 보았을 때부터 예쁜 이름이라는 생각이 들더라니.

'내가 이렇게 금사빠였다고? 미쳤다, 대체 얘에 대해 뭘 안다고.'

수림은 수업에 집중하는 척하며 흘끔흘끔 슬훈을 살폈다. 수림의 마음을 움직인 건 슬훈의 외모가 아니었다. 외모는 탐미경 설정을 바꾸는 순간 달라지니까.

수림은 탐미경으로는 바꿀 수 없는, 슬훈의 골격이나 단정한 몸짓, 매무새, 은은히 풍기는 청결한 향기와 포근한 목소리에 끌렸다. 무엇보다도 미술 시간 내내 알게 모르게 수림을 챙기던 그 세심함 앞에서 속수무책으로 마음을 빼앗길 수밖에 없었다.

달달 떨리는 무릎을 책상 밑으로 꾹 눌러 마음을 숨겼던 그 시간. 다시 그때의 일렁임이 찾아온 듯했다.

수림은 천천히 패드에 답장을 입력했다.

> 안녕. 먼저 메시지 줘서 고마워. 그런데 나는 사진을 주고받는 건 왠지 민망해서…… 만나는 게 더 편하긴 한데.
>
> 수림

수작을 부리는 기분이라 조금 머쓱해졌다. 사진을 주고받는 게 민망하다는 말은 사실이긴 하지만, 슬훈을 한 번 더 만나고 싶은 마음도 없지 않았기 때문이다. 그래도 할 말은 있었다. 사진이 어딘가로 새어 나가면 범죄의 위험도 있고, 아직 친하지도 않은 아이와 사진을 주고받는 것도 어색하고……. 뭐, 아무럼 좋으니 제 진짜 속내를 슬훈만은 모르길 바랐다.

답장은 금세 도착했다.

느낌표 때문에 신이 난 게 티가 나진 않을까? 수림은 잠시 쓸데없는 걱정을 했지만, 이내 흐무러진 입꼬리를 슬쩍 올렸다. 용기 없는 저는 슬훈과 만나더라도 먼저 마음을 드러내거나 여지를 남기지 못할 것이다.

그럼에도 슬훈을 만날 시간이 기다려졌다. 슬훈과 함께라면 무언가 상상하지 못했던 일이 벌어질 것 같았다.

수림은 몰랐지만, 그것은 기대가 아니라 강렬한 예감에 가까웠다.

나를 만나러 와 줘

수림과 슬훈은 만나서 함께 숙제 계획을 짰다. 아날로그 미술 용품을 조사해 보니 종류가 정말 많았다. 수채화 물감, 색연필, 파스텔, 크레용, 아크릴 물감……. 심지어는 종이도 종류가 다양해서 어떤 종이를 쓰느냐에 따라 표현되는 분위기가 달랐다. 그중 어떤 미술 도구와 종이를 사용할지, 언제 만나 스케치를 하고 채색을 할 것인지 긴 대화가 오갔다.

아날로그 방식으로 그림을 그리는 건 처음이었다. 의외로 정할 것이 많았고, 생각보다 시간이 넉넉한 편도 아니었다. 두 사람 모두 그림을 그리는 데 자신이 없었기에 더욱 그랬다.

어찌 되었든 다음 주에는 둘이 만나 천천히 밑그림을 그려 보기로 했다. 수림은 자신이 슬훈의 얼굴을 뜯어보며 손을 떨면 어떡하나 하는 실없는 생각을 했다.

그러고 보니 연수네 조는 벌써 스케치에 들어갔다던데, 숙제에 관해 한번 물어볼까. 겸사겸사 슬훈에 대해서 아는 게 있는지 은근슬쩍 물어보기도 하고…….

다소 시커먼 속내로 홀로그램 패드를 켜 연수의 번호를 찾던 수림은 화면의 한구석에서 빨간 종 모양 아이콘 위에 알림을 표시하는 하얀 숫자를 발견했다. 최근에 글을 쓴 적이 없는데, 뭐지? 잠시 기억을 더듬어 보았지만 짚이는 구석이 없었다.

알림을 터치하자 기억 속에 묻혀 있던 글이 나왔다. 보름 전에 수림이 썼던, 그 누구의 호응도 받지 못했던 그 글에 새로운 댓글이 달린 것이다.

　↳ 만약 네 생각이 변하지 않았다면 나를 만나러 와 줘.

뭐야. 수림은 보름이 지나서야 달린 이상한 댓글을 보며 눈썹을 찌푸렸다.

혹시 오류가 나서 앞뒤 문장이 잘린 건가? 무의식적으로 생각했지만 그럴 가능성은 낮았다. 그 정도의 사소한 오류는 기술이 발전하며 일찍이 사라진 지 오래였다.

수림은 이 이상한 댓글을 무시해야겠다는 생각에 패드를 껐다. 그러곤 채 일 분도 되지 않아 다시 똑같은 창을 열었다.

정말 이상한 댓글이었다. 토론을 하고 싶다면 댓글로 의견을 남기면 될 일이다. 굳이 만나러 와 달라니? 이 험한 세상에 다짜고짜 얼굴 좀 보자는 댓글 하나로 모르는 사람을 만나러 갈 미친 사람이 세상에 어디 있단 말인가?

그러면서도 수림은 머릿속 한구석으로 내심 이 상황이 판타지 영화의 도입부 같다고 생각했다. 주인공이 계시처럼 마주친 수상한 문에 발을 들이게 되듯, 수림도 댓글 창을 끄지 못하고 한동안 배회했다.

한번 말을 걸어 볼까? 혹시 정말 이상한 사람이라도 낌새가 수상하다 싶을 때 바로 차단을 해 버리면 되지 않을까?

한참을 망설이던 수림은 헛소리라도 해 봐라, 하는 마음으로 조심스레 답글을 입력했다.

    ↳ 무슨 소리야? 네가 누군지 알고?

상대방도 알림을 켜 둔 모양인지 바로 답글이 달렸다.

    ↳ 너를 꼭 만나 보고 싶어. 내 생각도 너랑 같거든. 주변에 아무도 나와 같은 생각을 하는 사람이 없어서… 그냥 가볍게 미친 소리 한번 듣는다 생각하고 재미로라도 만나 주면 안 될까?

대체 누구길래 이렇게 간절히 만나 달라고 청하는 걸까? 위에 줄줄이 달린 저급한 비난 댓글과 상반되어서인지, 마지막을 차지한 댓글은 더 정중하고 절박해 보였다.

수림은 댓글을 단 이의 정체에 대해 상상의 나래를 펼쳐 보았다.

가끔 온라인에서 순진한 여자아이들을 꾀어내는 변태가 있다고 들었는데, 그런 놈일지도 모른다. 하지만 수림은 글 어디에도 성별과 나이를 드러내지 않았다. 그렇다면 이 가설은 기각.

혹시 탐미경 회사의 직원인가? 내가 탐미경에 대해서 안 좋은 말을 해서 한 소리 하려고 불렀다든가……. 또 그렇다기엔 시스템 업데이트와 관련해 육두문자까지 사용해 가며 비난하는 사람들이 발에 차일 정도로 많은데 고작 몇백 개의 조회 수가 찍힌 글 따위에 그런 정성까지 들이진 않을 것 같았다.

아니면 묻지 마 범죄를 저지르려는 사이코패스? 가장 찜찜하고 무서운 가설이지만, 그런 사이코패스가 이런 번거로운 방법을 선택할까? 애초에 만날 사람을 구하는 글에 댓글을 달았다면 쉽게 타깃을 구할 수 있었을 텐데. 굳이 불확실한 시도를 할 것 같진 않았다.

다른 경우를 짜내 보려 했지만 더 이상은 아무것도 떠오르지가 않았다. 여기까지가 수림이 할 수 있는 최대치의 상상이었다. 다음으로는 어릴 적부터 배워 온 안전 교육이 떠올랐다. 절대 낯선 사람을 따라가지 않을 것, 온라인에서 수상한 사람을 만나지 않을 것, 개인 정보를 흘리고 다니지 않을 것……

항상 이 원칙들을 지키며 살아온 수림이었다. 그런데 왜 오늘은 이렇게도 수상한 댓글에 마음이 이끌리는지 모를 일이었다.

에라, 모르겠다. 수림은 고민 끝에 답글을 추가했다.

　ㄴ 언제 어디서 만날 건데?

　　ㄴ 고마워! 이번 주 토요일 정오, 센트럴하우스 뒤쪽 공원에 있는 연못. 거기에서 만나자.

도시 전역을 초고속으로 연결해 주는 이동 수단, 하이퍼캡슐을 타면 어디든 쉽게 갈 수 있지만, 그중에서도 센트럴하우스는 수림의 집에서 겨우 십오 분밖에 걸리지 않았다. 수림은 다시 한 번 시간과 장소를 꼼꼼히 읽어 본 뒤, 제삼자가 엿볼 것을 대비해 이 수상쩍은 이와 주고받은 댓글을 모두 삭제했다.

만남까지 남은 날은 이틀. 과연 이게 잘한 선택일까? 수림은 패드를 끄고 침대에 풀썩 몸을 누였다. 그 바람에 펑 터져 나온 먼지가 햇빛에 반사되어 반짝거리며 흩어졌다. 가만히 누운 채로 부유하는 먼지를 멍하니 바라봤다. 머릿속이 복잡했다.

믿기질 않았다. 평소 같았으면 무시했을 댓글과 홀린 듯 대화를 주고받고 단숨에 만남까지 잡아 버렸다. 그냥 약속 장소에 나

가지 말까도 생각했지만, 또다시 꼬리를 물고 이어지는 궁금증
에 머리를 털어 냈다. 어쩐지 피로가 몰려왔다.

별종들의 만남

만남의 날 아침, 수림은 침대에서 몸을 일으키지 못하고 한참을 고뇌했다. 머리카락을 쥐어 잡고 으으, 신음을 흘려 대던 수림이 어느 순간 눈을 번쩍 떴다. 이렇게 고민해 봤자 해결책이 나오는 것도 아니었다. 세상이 뒤집어지든 어쩌든 끝을 봐야 이 찝찝한 기분도 떨쳐 낼 수 있을 것 같았다.

늦지 않게 집에서 뛰쳐나온 수림은 센트럴하우스로 향하는 하이퍼캡슐에 올라탔다. 휙휙 지나는 창밖의 풍경도 불안과 설렘이 공존하는 수림의 마음을 잠재워 주진 못했다. 이대로 하이퍼캡슐이 멈췄으면 하는 마음이 반, 차라리 빨리 도착해 그 수상쩍은 이와 만났으면 하는 마음이 반이었다.

하이퍼캡슐은 순식간에 센트럴하우스 역에 도착했다. 역사 건물을 나서자마자 하늘 높은 줄 모르고 치솟은 센트럴하우스가 나타났다. 국내에서 가장 거대한 복합 문화 공간답게 인파로 발 디딜 데 없이 번잡스러웠다. 수림도 유명한 건축가가 지었다는 센트럴하우스에 몇 번 와 본 적이 있었으나 뒤쪽의 공원에 가 보는 건 처음이었다. 사실 그쪽에 공원이 있다는 사실도 몰랐다.

작은 안내 표지판을 따라 발걸음을 옮기자 곧 공원 입구가 나타났다. 사람들로 바글바글한 센트럴하우스 광장과 다르게 공원은 한적하고 조용한 분위기였다. 나뭇잎이 우거져 여름의 열기도 잘 느껴지지 않았다.

불안에 일렁이던 마음이 천천히 가라앉았다. 긴장된 발걸음으로 연못을 찾던 수림의 눈에 키 큰 나무들로 둘러싸인 연못과 정자가 들어왔다. 그리고 누군가가 그곳 난간에 기대어 잔잔한 물결을 바라보고 있었다.

수림은 잠시 멈췄던 걸음을 떼었다. 긴장과 설렘이 발자국 하나하나에 남는 듯했다. 조금씩 가까워지자 인영의 주인공이 또래의 여자아이라는 것을 알 수 있었다. 그것만으로도 머릿속이 차분해졌다. 연못까지 겨우 몇 미터를 남겨 두었을 때, 미동도 없이 물결에 시선을 고정하고 있던 아이가 인기척을 느꼈는지 고개를 들었다.

수림과 여자아이의 눈이 마주쳤다. 두 사람 사이에 긴 정적이 흘렀다. 고즈넉한 연못과 녹빛으로 하늘을 가린 나무, 그 사이에 그림처럼 서 있는 아이는 묘한 분위기를 풍겼다. 검고 긴 머리카락, 빚어낸 듯 하얀 피부, 오밀조밀한 이목구비는 분명 탐미경으로 만들어 낸 것임에도 왜인지 세상에 하나밖에 존재하지 않는 듯한 느낌을 주었다.

아이가 먼저 입을 열었다.

"안녕."

"안녕. 네가 그 댓글을 단 사람 맞아?"

"응. 와 줘서 고마워."

아이는 난간에 기대어 있던 몸을 똑바로 일으켰다. 수림보다 키가 반 뼘 정도 컸다.

"나는 지해영이야. 열일곱 살. 만나서 반가워."

"아……. 언니였구나. 저는 열다섯이고 한수림이에요."

"뭘, 두 살 차이 가지고. 그냥 말 놔."

해영이 첫 마디부터 자연스럽게 말을 놓는 바람에 덩달아 반말을 했던 수림이 멋쩍게 웃었다. 걱정했던 것처럼 수상한 사람은 아닌 것 같아서 마음이 놓였다. 이미 말을 놔 버린 주제에 다시 존댓말을 쓰기도 우스운 것 같아 수림은 얌전히 고개를 끄덕였다.

"여기까지 오는 데 힘들지는 않았어?"

"응. 집이 멀지 않거든."

해영이 작게 고개를 끄덕였다. 수림은 해영의 귀 뒤에 꽂혀 있던 가지런한 머리카락이 흘러내리는 모습을 눈으로 좇으며 가장 궁금했던 질문을 던졌다.

"왜 만나자고 한 건데?"

해영은 잠시 검은 눈동자로 수림을 빤히 훑었다. 물어봐선 안 될 것을 물어본 것도 아닌데, 수림은 어쩐지 잘못을 저지른 기분이 들어 입가에 어색한 미소를 걸었다. 해영이 고개를 돌리며 천천히 대답했다. 목소리는 여전히 나긋했다.

"그냥, 나랑 생각이 통하는 사람을 본 게 처음이라서. 내 주변은 날 이해하는 사람이 아무도 없거든. 그래서 널 만나 보고, 마음이 맞는다면 친하게 지내고 싶었어."

고작 그것 때문에? 수림은 해영이 무언가를 숨기고 있다는 직감이 들었다. 내내 눈을 맞추고 있던 해영이 이 말을 할 때만 바닥에 쌓인 낙엽을 바라보았기 때문이었다.

하지만 수림은 캐묻는 대신 일단 들어 주는 쪽을 택했다. 먼저 진심을 드러내지 않는 사람을 추궁하면 오히려 속내를 더 꽁꽁 감추기만 할 뿐이었다.

"나도 그래. 친구들을 떠봐도 탐미경이 좀 이상하다고 생각하는 건 나뿐이더라고."

"그치? 특히 학교에선 더 그래. 다들 유행에 민감하니까."

"응. 꼭 나만 세상에 뚝 떨어진 별종 같았는데……. 만나서 반가워, 해영 언니."

둘은 연못 옆 정자에 나란히 앉았다. 햇빛 한 줄기가 나뭇잎 사이로 떨어졌다 사라지길 반복했다.

"근데 어떻게 만나자고 할 생각을 다 했어? 내가 어떤 사람일 줄 알고."

"그냥, 그만큼 간절했으니까."

해영은 말을 아꼈다. 무슨 사정인지는 몰라도, 모두가 옳다고 생각하는 것에 반기를 드는 건 외롭고 슬픈 일이라는 것쯤은 수림도 알았다. 그래서 수림은 가볍게 고개를 끄덕였다.

"하긴, 내가 물어볼 건 아니지. 나도 언니가 누군지도 모르면서 만나자는 댓글 하나만 보고 쫄래쫄래 나왔으니까."

수림과 해영은 동시에 웃음을 터뜨렸다. 어색하던 분위기가 조금씩 풀렸다. 해영이 홀로그램 워치로 메신저에 접속했다.

"커뮤니케이터 아이디 좀 알려 줘. 가끔 이렇게 답답할 때 만나는 친구 하자. 너도 언제든 하고 싶은 말이 생기면 나한테 연락해."

두 사람은 서로의 커뮤니케이터에 아이디를 등록했다. 지해영, 낯선 이름이 수림의 친구 목록에 추가되었다. 그 후로도 두 사람은 나란히 앉아 대화를 나눴다. 깊은 이야기가 오가진 않았지만, 잘 맞는다는 느낌을 받았다. 겨우 삼십 분 남짓 대화했는데도 오랜 시간을 함께한 듯 편안했다.

낯선 공원을 빠져나와 집으로 향하는 길, 저와 같은 생각을 가진 또래를 만났다는 실감이 뒤늦게 찾아와 가슴 한구석이 설레었다. 창밖의 풍경이 빠르게 지나갔다. 수림의 마음이 기분 좋게 일렁였다.

문득 워치에서 짧은 진동이 울렸다.

몇 자 되지 않는 메시지를 읽는 동안 나긋나긋하던 해영의 목소리가 귓가에 들리는 듯했다. 수림은 무어라 답장을 해야 하나 고민하며 쓰고 지우다가 '응, 조심히 들어가.' 하는 간단한 인사말을 적었다.

이내 까맣게 변한 화면을 수림은 가만히 지켜보았다. 이 만남이 일회성에 그치지 않을 거라는 기묘한 확신이 들었다. 오늘 해영이 끝내 드러내지 않았던 속내, 수림을 만나기로 한 진짜 이유를 언젠가는 알게 될 것 같다는 확신이었다.

가짜 초상화

백팩을 메고 상점가로 향하는 수림의 발걸음이 가벼웠다. 수림을 반기기라도 하는 듯 하늘도 맑고 쾌청했다. 처음으로 아날로그 미술 용품을 사러 가는 길이었다. 슬훈과 함께라는 점도 수림을 더욱 설레게 했다.

상점가 입구에서 만난 슬훈도 기분이 들떠 보였다. 밝은 청바지에 연갈색 반팔 티셔츠를 걸친 슬훈은 연신 작은 소리로 콧노래를 부르고 있었다. 슬훈과 나란히 걷는 동안 수림은 괜스레 제 걸음걸이가 어색해 보일까 한참 신경을 썼다. 쭈뼛거리는 마음이 겉으로 티가 날까 걱정도 되었다.

다행히 상점가 끄트머리, 낡은 건물 뒤편에 있는 듯 없는 듯 존재하는 아날로그 미술 용품점을 몇 바퀴나 도는 동안 어색함은 물에 푼 물감처럼 사르르 녹아 사라져 갔다. 미술 용품을 실제로 본 건 처음이었다. 미술 프로그램 아이콘에 그려진 '붓'이 현실로 튀어나와 쌓여 있는 광경이 꽤나 새로웠다.

"이것 봐, 이 붓 엄청 크다."

"와아, 그 정도면 몇 번만 휘둘러도 종이 한 장 다 칠하겠는데?"

슬훈이 손목을 움직여 허공에 붓칠하는 시늉을 했다.

'이거 꼭, 데이트 같네.'

수림이 흠흠, 헛기침을 하며 고개를 돌렸다. 조금 낯간지럽게 느껴졌다.

미술 용품 정보를 찾아보며 나름대로 고심에 고심을 거듭해 물건을 골랐다. 스케치 도구, 몇 가지 붓과 팔레트, 물통 따위를 사고 나니 들은 거 없이 가벼웠던 가방이 무거워졌다. 생각보다 작지 않은 매장을 계속 걸어다닌 탓에 발바닥이 욱신거렸다.

슬훈이 카페에 가서 음료라도 마시지 않겠냐고 제안했다. 수림은 냉큼 고개를 끄덕였다.

두 사람은 한산한 카페 구석 테이블에 자리를 잡았다. 수림이 소파에 등을 기대며 한숨을 쉬었다. 아픈 두 발에 비로소 휴식이 찾아왔다. 운동화 밑창을 카페 마룻바닥에 가볍게 두드리며 수림이 입을 열었다.

"그런 곳에 아날로그 미술 용품점이 있을 줄은 몰랐어."

"나도. 심지어 넓기까지 해서 신기하더라."

"요새는 일부러 아날로그 용품을 찾는 사람들이 많대."

"신기하네, 기술은 최대로 발전했는데 사람들은 옛것을 찾는 다는 게."

서빙 로봇이 두 사람 몫의 음료를 가져다주었다. 슬훈은 자신 이 주문한 차가운 홍차의 얼음을 빨대로 휘저었다. 얼음이 컵에 부딪혀 달그락거리는 소리가 조그맣게 울려 퍼졌다. 슬훈이 음, 하는 소리를 내며 미간을 슬쩍 찌푸렸다.

"초상화 그리기는 처음이라…… 좀 어려울 것 같아서 걱정 되네."

호로록, 수림은 입안을 델까 조심히 카페 라테를 한 모금 머금 었다. 따뜻한 온도가 수림의 마음까지 녹였다. 그래서일까, 다른 친구들 앞에선 내보이지 않았던 속마음이 자신도 모르게 툭 터 져 나왔다.

"근데, 탐미경 설정을 바꾸면 또 다른 얼굴이 되는데 초상화 에 의미가 있나."

"응?"

수림은 슬훈의 의아해하는 목소리를 듣고 난 뒤에야 아차 싶 었다. 해영 외에 탐미경을 탐탁지 않게 생각하는 사람을 본 적이 없었다. 아마 슬훈도 마찬가지일 테다. 다른 아이들이라면 몰라도 슬훈까지 자신을 별종처럼 본다면 속이 상할 것 같았다.

태연한 척 숙제 계획을 적어 놓은 패드를 들여다보던 수림은 눈을 이리저리 굴리다가 슬쩍 시선을 들었다. 슬훈은 생각에 잠겨 있는 듯했다.

'아이 씨, 괜한 소리를 해서.'

수림은 괜히 커피 잔을 달그락거리며 손장난을 쳤다. 한참이 지나 슬훈이 고개를 끄덕이며 대답했다.

"그러고 보니 그렇네. 탐미경을 쓴 얼굴은 어차피 변하니까 진짜 '초상화'라고 하는 것도 좀 이상하긴 하다."

수림은 슬훈 모르게 숨을 집어삼켰다. 슬훈은 수림의 생각을 우스운 것으로 치부하지 않았다. 뭘 그렇게 깊게 생각하느냐고, 어차피 너도 탐미경을 사용하고 있지 않냐고 지적하지도 않았고 한낱 어린애 투정으로 넘기지도 않았다.

수림은 커피 잔을 두 손으로 꼭 쥐었다. 손바닥에 느껴지는 온기가 혈관을 타고 올라와 심장에 닿았다. 아무도 내 마음을 이해하지 못할 줄 알았는데. 슬훈과 조금 더 친밀해진 기분이 들었다. 수림의 생각에 귀 기울이고 공감해 주는 사람이 벌써 둘이나 있다는 사실에 마음이 든든해졌다.

슬훈과 헤어진 수림은 곧장 집으로 가지 않고 무작정 길을 걸었다. 기분 좋은 설렘을 조금 더 오래 간직하고 싶었다. 때때로 이유 없이 마음이 가라앉을 때, 또는 하루가 가는 게 아쉬울 때, 바람을 맞으며 길을 걷다 보면 마법처럼 기분이 좋아지곤 했다.

발길이 가는 대로 움직이던 수림은 때마침 오래된 정류장에 멈춘 자율 주행 버스를 발견했다. 숨을 크게 들이마시고서는 노선도 보지 않고 타다닥 뛰어 버스에 올라탔다.

마음만 먹으면 남쪽 끝 바닷가 마을까지 순식간에 가닿을 수 있는 시대에 어영부영 살아남은 버스는 사람들이 잘 찾지 않는 교통수단이 된 지 오래였다. 이용자도 없는 버스를 유지하는 건 세금 낭비라며 머지않아 사라진다는 소문이 돌기도 했다.

하지만 이제는 아무도 찾지 않는 버스를, 수림은 좋아했다. 달달거리는 소음과 몸을 울리는 진동, 창문을 열면 시원하게 들어오는 바람도 좋았다. 속도가 느리다 보니 너무 낯선 곳에 떨어질 위험도 적고, 조용히 움직이는 풍경을 보며 마음을 정리하기 알맞았다.

번화가와 공업 지대, 한적한 하천을 지나 조용한 동네 풍경이 펼쳐졌다. 높은 빌딩으로 가득한 도심을 벗어나자마자 키 작은 주택으로 가득한 동네가 나온다는 게 신기했다.

차분한 마을 분위기에 이끌려 하차했다. 동네를 돌아다니다 보니 꽤 오래되어 보이는 무인 마트가 있었다. 가게에 들어가 이것저것 구경하다가 물 한 병을 샀다.

마트 앞에는 옛날 배경의 드라마에 자주 나오는 평상이 하나 있었다. 그곳에 앉아 홀짝홀짝 물을 마신 지 얼마 되지 않아, 주민 한 명이 평상에 엉덩이를 붙이고 앉았다. 새까만 머리칼에 주름 하나 없는 피부가 젊어 보였지만 흠, 흠 하며 숨을 가다듬는 소리는 수림의 할머니가 내던 소리와 비슷했다. 탐미경으로는 가릴 수 없는 노화의 흔적이었다.

"얘야, 혹시 이것 좀 도와줄 수 있니?"

수림은 노인의 쉰 목소리를 듣고 고개를 돌렸다. 노인이 인자한 미소를 띠며 마른 손으로 고령자용 패드를 가리켰다. 화면에는 탐미경 메인 화면이 떠 있었다.

"아, 네. 업데이트가 안 되어 있는 것 같네요."

수림은 노인의 패드에 떠 있는 복잡한 동의 사항에 하나씩 체크를 했다. 이용자 확인을 마치고 업데이트가 시작되자 노인이 고맙다며 웃어 보였다.

"참 좋은 세상이지. 옛날엔 세상이 이렇게까지 바뀌리라고는 생각도 못 했는데 말이야."

수림은 조심스레 답했다.

"저는 다섯 살 때부터 탐미경을 써 와서, 탐미경이 없는 시대를 잘 몰라요."

"그러니? 벌써 세월이 그렇게 흘렀구나."

"네. 그래서 가끔은 좀 궁금해요. 탐미경이 없었을 땐 어땠나요?"

"그때는 희끗희끗한 흰머리랑 주름이 매앤날 신경 쓰였지. 나의 늙어 가는 모습을 본다는 게 얼마나 사무치게 슬펐는지 몰라. 그래서 매번 머리를 염색하고 주름 방지 크림이니 뭐니 하는 걸 바르고 사느라 바빴단다. 이제는 그런 걱정을 안 해도 되니 좋지."

"정말 귀찮았겠네요."

"그럼. 누구나 나이를 먹어도 늙어 보이고 싶지는 않으니까. 먹고사는 것만으로도 힘든데 참 신경 쓸 게 많은 날이었지."

수림은 말없이 고개를 끄덕였다. 살아 보지 않은 시대이므로 쉽게 말을 얹을 수 없었다. 어쩌면, 아니 확실히 탐미경은 많은 이에게 행복과 편안함을 가져다준 희대의 발명품이었다. 곁에 앉은 노인도, 외모 콤플렉스가 있었다던 엄마도 탐미경의 발명을 반기고 좋아했으니까.

마음속에 얕은 우울이 깔렸다. 나만 배배 꼬아 생각하고 있는 걸까? 진짜 얼굴이든 가짜 얼굴이든 그게 뭐가 중요할까. 고운 모래밭에 톡 튀어나온 뾰족하고 위험한 돌이 된 듯했다. 이러니저러니 불평하면서도 차마 탐미경을 끄고 맨얼굴로 살아갈 자신은 없는, 그런 모난 돌.

집으로 돌아가는 버스 안, 휙휙 스쳐 지나가는 가로등과 건물의 빛이 너무 밝아 수림은 가만히 눈을 감았다.

가면을 쓰고 살아가는 이들

수업이 끝나고 집으로 돌아가는 길에 우웅, 알림이 울렸다. 패드를 켜 보니 커뮤니케이터에 메시지 한 통이 도착해 있었다.

만나고 나서 한 번도 따로 연락해 본 적 없었던 해영이었다. 이대로 흐지부지 사라지는 인연이 되나 싶었는데, 갑작스레 도착한 메시지에 수림의 마음이 덜컹였다. 아무런 설명도 없이 만나러 와 줄 수 있냐니, 무슨 일이 있는 게 분명했다.

뒤따라온 메시지 속 낯선 주소를 확인한 수림은 헐레벌떡 해영에게로 향했다. 주소는 센트럴하우스 근처였다.

*

생긴 지 얼마 되지 않았는지 크고 세련된 건물에서는 페인트 냄새가 은은하게 풍겼다. 건물로 들어서는 수림의 걸음이 조심스러웠다. 해영이 말한 호수에 다다르자 층고가 높아 거대해 보이는 검은 문이 굳건히 서 있었다.

순간적으로 해영이 너무 걱정되어 여기까지 왔지만, 막상 문 앞에 도착하니 덜컥 겁이 났다. 무얼 믿고 낯선 집까지 온 거지? 수림의 머릿속에 온갖 범죄 영화와 다큐멘터리 속 에피소드가 뭉실뭉실 떠올랐다.

혹시나 인기척이 들릴까 숨죽이던 수림은 패드를 켜 해영에게서 온 메시지를 열어 보았다.

'우리 만나자', '우리 집 놀러 올래?' 따위의 권유가 아닌, 부탁에 가까운 어조가 마음을 꾹 짓눌렀다. '좀'이라는 한 글자를 물끄러미 내려다보았다. 그 한 음절의 글자가 나타내는 것은 분명했다. 해영에겐 지금 누군가가 필요하다.

수림은 차분해진 표정으로 패드를 종료하고 초인종을 꾹 눌렀다. 몇 초 지나지 않아 문 안쪽에서 잠시 부스럭거리는 소리가 들렸다. 잔소음도 없이 묵직하게 열리는 문 사이로 어둑어둑한 집 안 풍경과 해영의 얼굴이 차례대로 드러났다.

해영은 처음 만났을 때와 똑같은 얼굴이었지만, 방금까지 울던 사람처럼 눈이 새빨갰다. 수림이 깜짝 놀라 해영의 어깨를 붙들었다.

"언니, 무슨 일 있어?"

"미안, 갑자기 불러서……. 속이 터져 버릴 것 같은데 네가 아니면 말할 데가 없었어."

해영은 코를 훌쩍이며 바닥을 내려다봤다. 그러곤 힘 빠진 목소리로 한 걸음 뒤로 물러나며 말했다.

"들어와. 얘기가 좀 길어질 것 같아."

비척거리며 문 안쪽으로 들어가는 해영을 따라 수림도 집 안으로 들어섰다. 해영의 집은 꽤 넓고 고급스러운 분위기였다. 하지만 해영의 처참한 기분을 반영하고 있는 듯 어둑어둑했다.

해영은 수림을 거실 소파에 앉혀 두고 시원한 차를 내왔다. 그리고 수림과 한 자리 떨어져 소파 맞은편 끄트머리에 앉아 한참이나 잔을 만지작거리며 침묵을 지켰다. 수림은 이번에도 무어라 캐묻는 대신 조용히 해영을 기다렸다.

곧 해영이 무덤덤한 목소리로 내뱉었다.

"우리 아빠는 탐미경 본사 대표야."

앞뒤 없는 한마디에 수림의 입이 떡 벌어졌다.

‘설마, 진짜 내가 탐미경에 대해 안 좋은 소리를 한 것 때문에 회사에서 겁박하려고 해영 언니를 보낸 건가?’

사색이 된 수림이 더듬거리며 입을 열었다.

“그래서, 그 글을 보고 나를 보고 싶어 한 거야? 내가 탐미경을 나쁘게 말해서? 어, 언니 아버지가…… 나를 불러오래?”

“뭐? 무슨 소리를 하는 거야? 말했잖아. 나도 탐미경이 싫다고. 아니, 싫은 걸 넘어서 역겹고 짜증 나!”

해영이 진저리를 냈다. 목소리가 멋대로 튀고 갈라질 정도였다. 당황스러워 보이기도 했고, 화가 나 보이기도 했다. 또 왠지 모를 억울함까지 엿보였다.

“미, 미안해. 아버지가 탐미경의 대표라니……. 좀 놀라서.”

수림은 빠르게 사과했다. 해영 역시 자신이 과하게 흥분했다는 사실을 깨달았는지 시선을 스르르 바닥으로 내리깔았다. 숨을 크게 들이쉬었다가 내쉰 해영이 자책 섞인 목소리로 말했다.

“아냐, 내가 더 미안해. 여기까지 와 준 너한테 화낼 일은 아닌데. 속이 너무 갑갑해서 순간 나도 모르게…….”

“으응, 괜찮아. 속이 왜 갑갑했는데?”

“너는…… 탐미경을 꺼 본 적이 있다고 했지. 그때 어땠어?”

탐미경을 껐을 때. 수림은 그날을 되새겼다. 나의 것이라고 믿었던 세상이 버튼 하나에 녹아내리는 기분을 무엇이라고 표현할 수 있을까? 내 진짜 얼굴이 오히려 가짜처럼 낯설게 느껴지는 그 기분을.

수림은 잠시 말을 정리한 후 담담하게 말했다.

"음, 모르겠어. 그냥 잠깐 꺼 보고 다시 켰던 거라. 좀…… 낯설게 느껴졌지, 내가. 뭐 하나 예쁘다곤 할 수 없는 진짜 얼굴을 보고 싶지 않다고 생각했던 것도 같아."

"그렇구나."

"분명 탐미경을 끈 게 내 진짜 얼굴인데 그게 더 낯설었어. 그렇게 느끼는 나 자신조차 낯설었고."

"마음이 복잡했겠네. 하지만 그것마저도 부럽다. 나도 탐미경을 끄고 싶어. 지긋지긋해, 나를 감추고 싶지 않아."

해영이 무릎을 끌어 모아 안고 고개를 파묻었다. 그리고 이내 옅게 울먹였다. 하지만 수림은 조금 어리둥절한 기분으로 눈을 굴렸다. 끄고 싶으면…… 그냥 끄면 되는 것 아닌가.

"언니, 그거 그냥 종료 누르면 되는데……."

"나는 안 돼. 아빠가 탐미경에 잠금 설정을 해 놨어."

"잠금 설정? 탐미경에 그런 게 있었어?"

잠금 설정이라니. 난생처음 듣는 기능이었다. 어차피 탐미경은 설정에 들어가 복잡한 메뉴 선택을 하고 종료 버튼을 누르기 전까진 멋대로 종료될 일도 없었다. 굳이 잠금 설정이라는 게 필요하지도 않다는 뜻이다.

여전히 어리둥절한 수림을 보고 해영은 크게 심호흡했다. 그러고는 놀라운 사실을 털어놨다.

"아빠가 내 탐미경에만 따로 잠금 설정 기능을 추가한 거야. 대표의 딸이 탐미경을 안 쓰고 흠을 그대로 드러내고 다니면, 사람들이 탐미경을 신뢰할 수 없을 거라고……. 탐미경에 무슨 문제가 있으니까 대표의 딸도 사용하지 않는 게 아니냐 생각할 거라고, 끄지 못하게 해 놨어."

수림은 말문이 턱 막혔다. '흠'이라니. 해영의 맨얼굴이 해영의 아버지에겐 '흠'인 걸까. 해영의 아버지가 탐미경 회사의 대표라는 사실보다도 그 단어가 더 충격적이었다.

해영이 두 팔에 힘을 주고 더욱더 몸을 웅크렸다. 둥글게 말린 해영의 등이 한없이 작아 보였다. 그대로 손톱만큼 작아져 사라지고 싶어 하는 듯했다.

"차라리 아빠가 다른 부모들처럼 공부를 잘하라든지, 좋은 직업을 찾으라고 닦달하는 게 낫겠어."

해영은 또 한 번 북받쳤는지 흐느끼기 시작했다. 수림도 덩달아 울 것 같은 기분이 들어 해영의 옆으로 다가가 어깨를 토닥였다.

"지긋지긋해. 가면을 쓰고 사는 기분이야. 숨구멍이 뚫려 있지 않은 가면……."

누구에게도 꺼내어 놓지 못했을 속마음이었다. 수림은 울고 있는 해영을 위해 해 줄 수 있는 게 어깨를 다독이는 일밖에 없어 무척이나 속상했다.

"언니, 울지 마. 괜찮아. 괜찮아질 거야……."

뻔하디뻔한 위로가 해영의 마음 깊숙한 곳에 가닿지 못할 것임을 알면서도 수림은 똑같은 말을 되뇌었다. 이렇게 수십 번, 수백 번 이야기하다 보면 정말 모든 게 괜찮아질 거라고 믿는 듯이.

얼마나 많은 밤을 커다랗고 외로운 집 안에서 혼자 울며 보냈을까. 수림은 해영을 다독이는 손을 멈출 수가 없었다.

해영의 울음이 조금씩 잦아들었다. 지친 해영이 작게 코를 훌쩍이는 소리만 간간이 퍼졌다. 수림은 아무것도 할 수 없는 자신에게 약속하듯 이야기했다.

"내가 도울 수 있는 게 있다면 꼭 도와줄게."

해영은 천천히 고개를 들어 멋쩍은 표정을 지었다. 실컷 울고 나니 민망해진 모양이었다. 눈물에 젖은 속눈썹이 팔랑였다.

"아냐, 마음만으로 충분해. 들어 줘서 고마워. 너도 당황스러울 텐데……."

해영은 우물거리며 소맷귀로 눈가를 슥슥 문질렀다. 눈 주변이 붉게 물들었다. 해영은 허공을 노려보며 다부진 목소리로 말했다.

"아빠 회사의 기술자를 몰래 설득해서라도 내 탐미경을 꺼 버릴 거야. 아빠 마음대로 날 숨기고 살 수는 없어."

아, 수림은 그 순간 탐미경으로 숨길 수 없는 사람의 또 한 가지 면을 발견했다. 그것은 바로 눈빛이었다. 눈매를 어떤 모양으로 바꾸든, 눈동자 색을 어떻게 설정하든 사람이 가진 고유의 눈빛만은 가릴 수 없었다.

해영의 눈빛에는 단단한 의지가 불씨처럼 자리 잡고 있었다. 조금만 바람을 일으켜 주면 주변을 태우며 활활 타오를, 아주 선명한 불씨였다. 단지 아빠와의 갈등에 조금 지쳤을 뿐, 단 한 번도 사그라든 적이 없어 보였다. 수림의 입이 절로 열렸다.

"언니는 그럴 수 있을 거야."

해영에게는 이 말이 의미 없는 위로로 들릴 수도 있지만, 수림은 이보다 더한 진심은 세상에 존재하지 않을 거라고 생각했다.

진짜의 가치

"너는 이걸 사람이라고 그린 거니?"

"말이 심하다, 조은아. 내 삘을 전혀 이해를 못 해 주네."

점심시간, 교실 한편이 왁자지껄했다. 창가 쪽에서 알아주는 찐친—앙숙 관계인 현재와 조은이 또 가볍게 투닥거리고 있었다. 수림의 옆에서 연수가 킥킥 웃음을 터뜨렸다.

"쟤네 또 싸운다."

"왜?"

"미술 숙제 때문인가 본데?"

조은이 얼빠진 얼굴로 종이 한 장을 휘날리며 성큼 다가왔다. 조은은 손에 쥔 종이와 자신을 뒤따라온 현재를 번갈아 가리키며 열을 냈다.

"야, 수림아, 연수야. 이거 봐봐, 이게 진짜 나 같아? 강현재 저 똥손이 나를 무슨 먼지 덩어리처럼 그려 놨어."

"억울해. 완전 김조은 그 자체 아냐?"

종이에는 목탄으로 쭉쭉 그은 듯한 시커먼 덩어리가 그려져 있었다. 제 딴에는 꽤나 진지하게 그린 게 맞는지 현재는 장난기 하나 없는 억울한 표정이었다. 조은이 울분을 토하며 자신의 얼굴을 가리켰다.

"재 진짜 눈 어떻게 된 거 아냐? 뷰티풀, 골져스, 살아 있는 슬리핑 뷰티인 나를 이렇게 그려 놓는다고?"

"야야, 김조은. 너 그 정도 아니세요. 아, 진짜. 미술 용품을 잘못 사서 그래. 어떻게 그려도 다 뭉개져 버린다고!"

아이들은 두 사람의 만담 같은 다툼에 까르르 웃다가 현재의 한탄에 고개를 끄덕였다.

"진짜 이번 숙제 어렵긴 해. 왜 하필 아날로그 그림 그리기야?"

"하여튼 옥수수 쌤은 고리타분하다니까."

"탐미경 쓰면서도 꼭 평범한 외모만 고집하는 거 봐. 네 말대로 고리타분이라는 단어를 사람으로 만들면 옥수수 쌤이 될걸."

"애초에 미에 예민했으면 살도 빼고 그랬겠지. 누가 옥수수 쌤을 보고 미술 선생님이라고 생각하겠냐? 관상에 '미' 자가 없는데."

"야아, 말이 좀 심하다."

누군가가 농담처럼 불편한 기색을 내비쳤다. 하지만 아이들은 개의치 않고 이야기를 이어 나갔다.

"아니, 비하하려는 게 아니라 객관적인 팩트가 그렇잖아. 옥수수 쌤 옷에 차은이 세 명 들어갈 듯."

아이들의 시선이 일제히 한곳으로 향했다. 차은이가 자신의 이름을 듣고 슬쩍 고개를 들었다.

"진짜. 차은아, 너 살 더 뺐지?"

"응. 근데 좀 더 뺄 거야."

"와……. 네가 더 빼면 나 같은 애는 어쩌냐. 다이어트 어떻게 했어? 나도 알려 주라."

"그냥, 뭐. 여돌 컴백 시즌 식단 보고 따라 했어."

"대단하다. 그걸 어떻게 하냐? 난 하루만 따라 해도 어지럽던데."

반짝반짝 빛나는 여러 쌍의 눈이 교복 반팔 아래로 드러난 차은이의 팔뚝을 동시에 바라보았다. 얇은 살가죽 밑에 뼈와 근육의 형태가 도드라지게 드러나 있었다. 차은은 대놓고 으스대지는 않았지만, 자랑스러워하는 기색을 숨기진 못했다.

탐미경으로 모두가 똑같이 아름다워진 세상에서, 남들보다 눈에 띄게 우월해질 수 있는 필수 요소를 '마른 몸'으로 생각하는 아이들은 한둘이 아니었다. 사람들에게 아름다움의 자유를 주겠다던 탐미경이 어느새인가 또 다른 강박과 차별을 만들고 있는 것이다.

교실 안에 또다시 보이지 않는 선이 생겨났다. 차은이를 선망하는 아이들 반대쪽에는 차은이의 흉을 보는 아이들도 있었다. 수림의 뒷자리 쪽에서 누군가가 중얼거렸다.

"으, 징그러워. 쟤네는 저게 뭐가 예쁘다고 저러는 건지 모르겠네."

수림은 불편한 마음을 숨기며 저쪽의 소란에 그다지 신경 쓰지 않는 척했다. 머릿속으로 얼마 전 만났던 해영의 얼굴이 떠올랐다. 탐미경은 엄청난 편리함을 가져다주었지만, 반대로 많은 것을 앗아 가기도 하는 것 같았다. 해영에게는 자신의 얼굴을 드러낼 자유를, 차은에게는 자기 몸을 끊임없이 점검하지 않아도 될 자유를.

한숨이 조용히 수림의 입술 사이로 새어 나왔다. 해영에게 도움을 줄 수 있다면 좋을 텐데, 하는 생각이 스치듯 지나갔다.

그때 누군가가 열려 있던 교실 앞문을 똑똑 두드렸다. 담임 선생님, 옥수수 쌤이었다. 아이들은 순식간에 입을 다물고 혹시나 아까 선생님을 흉봤던 걸 들켰을까 눈치를 살폈다. 하지만 선생님은 아무렇지 않게 입을 열었다.

"잠깐 선생님 좀 도와줄 사람?"

제풀에 찔려 침묵하는 아이들 사이로 수림이 "제가 갈게요." 하며 번쩍 손을 들었다. 교실을 빠져나가는 등 뒤로 "아이 씨, 다

들은 거 아냐?” 하는 말소리가 조그맣게 들렸다. 수림은 마음속
으로 ‘그것도 다 들려, 바보들아.’ 하고 혀를 차며 선생님을 따라
갔다.

선생님은 교무실에 높게 쌓인 작은 박스 여러 개를 반으로 나
눠 수림에게 주고, 나머지 반을 자신이 들었다. 박스를 미술실에
가져다 두기만 하면 되는 간단한 일이었다.

점심시간의 끝물, 아이들이 대부분 교실로 돌아가 복도가 조
용했다. 수림은 조금 어색한 기분으로 선생님보다 한 걸음 정도
뒤에서 걸었다. 문득 선생님이 질문을 던졌다.

“수림이는 미술 숙제 누구랑 짝이더라?”

“슬훈이요.”

“아, 그렇지. 얌전한 친구 둘이 잘 만났구나. 숙제는 잘 되어
가니?”

“이제 본격적으로 시작하려고요. 며칠 전에 아날로그 미술 용
품점에 가서 도구들을 사 왔어요.”

가벼운 대화로 어색함이 조금 누그러졌다. 수림은 이참에 궁
금했던 것을 넌지시 물어보았다.

“그런데 쌤, 왜 이번엔 아날로그 그림 그리기를 숙제로 주셨
어요? 요새는 유명한 화가들도 디지털 그림을 그리잖아요.”

“왜, 귀찮으니?”

정곡을 찌른 질문에 수림의 말문이 막혔다. 선생님은 킥킥 웃음을 흘리며 미술실 문을 어깨로 밀었다. 앞에 놓인 단상 서랍에 박스를 차곡차곡 내려놓고, 수림이 든 박스도 받아 정리를 하면서 장난기 섞인 목소리로 말했다.

"내가 모를 줄 알았지? 너희가 귀찮아하는 거 다 알아. 선생님은 모르는 게 없거든. 그래도 나는 너희가 아날로그 미술 용품을 직접 눈으로 보고, 손에 쥐고, 그림을 그려 봤으면 해."

"왜요?"

대답은 금방 돌아오지 않았다. 선생님이 박스를 모두 정리해 넣는 동안 수림은 제자리에 서서 손가락을 꿈질거렸다. 정리를 마치고 다시 말끔히 선 선생님이 한 뼘 아래 수림의 눈을 내려다보며 옅은 미소를 지었다.

"너희가 손을 더럽히고, 실패하는 과정을 겪어 봤으면 좋겠거든. 실수를 금세 없던 일로 만들 수 있는 디지털 그림이 아니라, 미술 용품을 잘못 고르기도 하고, 선을 비뚤게 긋거나 색을 잘못 칠하기도 하면서 말이야."

선생님의 목소리가 수림의 심장 깊은 곳을 헤집고 들어왔다.

"잘못 그려도 괜찮아. 실수해도 괜찮고. 완벽하지 않아도 된다는 거야. 모두 그 자체로 의미가 있으니까."

요 며칠 탐미경 때문에 머리가 복잡해서일까, 선생님의 말이 조금 다르게 들렸다. 완벽하지 않아도 괜찮다는 말은 해영의

‘흠’을 숨기려 하는 그의 아버지에게도, 더 완벽하게 예뻐지려고 과한 다이어트를 하는 차은 같은 친구들에게도 모두 가닿을 수 있는 말이었다.

우리는 모두 그 자체로 의미가 있으니까.

가만히 눈을 깜빡이는 수림의 어깨를, 옥수수 쌤이 다정히 다독였다.

“자, 이거면 대답이 됐지? 열심히 해 봐, 수림이는 잘할 거야. 선생님은 너를 믿으니까.”

상투적인 말이었지만, 수림은 선생님이 ‘모난 돌’인 자신을 응원해 주는 것 같았다. 잠시 선생님과 눈을 맞추고 빙그레 웃으며 고개를 끄덕였다.

해영의 비밀

수림은 긴장되는 마음으로 스케치를 시작했다. 넓은 테이블 맞은편에는 슬훈이 있었다. 두 사람이 서로의 얼굴을 보며 가볍게 선을 그었다. 삭삭, 마른 종이에 연필 끝이 마찰하며 작은 소리를 냈다.

종종 슬훈과 시선이 마주치면 수림은 아무렇지 않은 척 다시 눈을 내리 깔고 바쁘게 손을 움직였다. 혹시라도 뺨이 붉어져 있으면 어쩌나, 괜한 걱정도 들었다. 민망함에 귓가를 긁적였다. 가볍게 두근거리는 심장 소리가 느껴졌다.

끝나지 않을 것만 같았던 설렘도 앉아 있는 시간이 길어지자 조금씩 잠잠해져 갔다. 생각보다 스케치가 쉽지 않은 탓이었다. 이거 아무리 봐도 사람이 아니라 외계 생명체 같은데, 하는 농담

섞인 대화가 오갔다. 시원한 카페 공기와 달콤한 음료 때문인지 슬훈이 나른한 눈을 하고서 슬쩍 하품을 했다. 수림이 작은 미소를 입가에 걸었다.

"졸려?"

"아니, 어제 좀 늦게 자서……. 일찍 자려고 했는데 하던 게 잘 안 풀려서 그거 가지고 씨름하다 보니까 어느새 새벽이더라고."

"뭘 했는데?"

"음……. 나 코딩 좋아하거든."

"코딩?"

"응. 연습용 프로그램이 있는데, 좀 어려운 부분이 있었어. 한번 시작하면 끝을 봐야 하는 성격이라 잠도 못 자고 매달렸네."

"오, 신기하다. 나는 그런 쪽은 완전히 문외한인데."

예상외의 이야기에 수림이 눈을 동그랗게 뜨고 감탄했다. 얌전히 공부만 하는 줄 알았는데 코딩에 관심이 있었구나. 수림은 바삐 연필을 움직이며 머릿속으로는 복잡한 코드를 이리저리 건드리는 슬훈의 모습을 상상했다. 모범생 같은 슬훈을 화이트 해커에 대입하니 그럭저럭 잘 어울렸다.

문득 해영이 떠올랐다. 탐미경을 벗고 싶다며 울던 해영의 마른 어깨. 숨구멍이 뚫려 있지 않은 가면을 쓰고 사는 것 같다던 해영의 말이 아프게 박혀 들었던 그 순간을, 수림은 여전히 생생하게 기억하고 있었다.

"······슬훈아. 혹시 프로그램 잠금 설정 같은 것도 풀 수 있어?"

"음, 봐야 알아. 나도 취미 수준이라. 너무 복잡하지만 않으면 해 볼 수 있지."

"그렇구나. 그럼 혹시 나랑 잠깐 어디 좀 같이 가 줄 수 있을까?"

"응? 지금?"

종이에 시선을 고정하고 있던 슬훈이 어리둥절한 눈길을 보냈다. 수림은 슬훈과 눈을 똑바로 마주하며 단호한 목소리로 말했다.

"응. 조금 뜬금없는 얘기일 수 있는데, 사실 난 탐미경이라는 게 기괴하다고 생각했어."

슬훈의 까만 눈동자에 의문이 물씬 묻어났다.

"그래서 익명 사이트에도 그런 글을 올렸었지. 탐미경이 기괴하다고. 아무도 내 생각을 들어 주거나 이해해 주려고 하지 않았어. 그런데 딱 한 명, 나와 생각이 같다고 말해 준 사람이 있었어."

"그게 누군데?"

"지금 네가 도와줬으면 하는 사람. 자세한 얘기는 가면서 할게."

슬훈의 눈에는 여전히 궁금증이 가득했다. 그러나 슬훈은 잠시 눈을 깜빡이더니 이내 가볍게 고개를 끄덕였다. 상대가 먼저 이야기해 주기 전까지는 굳이 캐묻지 않는다. 역시 슬훈에게는 수림과 통하는 구석이 있었다.

수림이 씨익 웃어 보이며 곧장 짐을 챙기기 시작했다.

*

커다랗고 시커먼 문의 위압감은 여전했지만, 그래도 두 번째 라고 며칠 전보다는 위축되는 기분이 덜했다. 오는 길에 해영에 대해 간단하게 이야기를 들은 슬훈은 고급스러운 건물의 분위 기에 다소 안절부절못하고 있었지만 말이다.

잠시 기다리자 해영이 문을 열어 줬다.

언니, 나 지금 언니네 집 잠깐 가도 돼? 　수림

메시지 하나만 보내고 바로 왔더니 해영의 얼굴에도 어리둥 절한 기색이 가득했다.

"안녕, 수림아. 무슨 일이야?"

"언니, 안녕. 얘는 안슬훈이라고, 나랑 같은 학교 친구야."

"으응, 안녕."

"안녕하세요."

해영은 일단 들어오라며 두 사람에게 길을 터 주었다. 수림은 쭈뼛거리는 슬훈의 소맷자락을 잡아끌고 안으로 들어섰다.

거실 소파에 엉덩이를 붙이고 앉기 무섭게 수림이 용건을 꺼냈다.

"언니, 슬훈이가 코딩을 좋아한대. 그래서 혹시 탐미경 잠금 설정을 해제해 줄 수 있을까 해서 같이 와 봤어."

해영이 눈을 둥그렇게 떴다. 금방이라도 쏟아질 듯 커다란 눈에는 숨길 수 없는 당혹감이 묻어났다. 수림은 희박한 가능성이나마 해 볼 수 있는 건 모두 해 보고 싶었다. 아직 해영을 잘 알지도 못하고 친하다고 할 수도 없는 사이지만, 해영의 사정을 아예 몰랐다면 모를까 그 처절한 속마음을 두 귀로 똑똑히 들어 놓고서 모른 척할 수는 없었다.

슬훈이 자신 없는 목소리로 말했다.

"근데 안 될 수도 있어요. 제가 뭘 깊이 배운 것도 아니고, 취미 수준이라서⋯⋯. 일반 배포 버전 탐미경엔 없는 기능이라 한번 눈으로 직접 봐야 해제할 수 있을지 없을지 알 수 있을 것 같아요."

"응. 그래서 일단 한번 언니 패드 좀 봐도 될까?"

"어? 어어."

해영은 자신의 홀로그램 패드를 열어 보였다. 해영에게 한 발짝 다가간 슬훈이 해영의 패드에서 관리자 모드를 실행했다. 거기까진 수림도 슬훈이 무얼 하는지 머리로 따라갈 수 있었는데, 복잡한 창이 열린 다음부터는 그냥 눈만 깜빡일 수밖에 없었다.

슬훈이 무언가를 입력하자 까만 바탕에 영어와 숫자로 가득 찬 문자열이 줄을 지어 나타났다. 수림은 어차피 들여다봐도 모르는 세상이라 이해하길 포기하고 슬훈의 손과 얼굴, 패드를 번갈아 신기하게 바라보았다. 긴 손가락으로 패드를 두드리는 모습이 잘 어울렸다.

슬훈은 창에 나열된 코드를 꼼꼼히 살펴보았다.

"누나만 쓰는 설정이라 그런가 그렇게 어려운 방식을 쓰진 않았네요. 금방 풀 수 있을 것 같긴 한데."

수림과 해영은 패드를 두드리는 슬훈의 손끝을 한 번, 똑같은 긴장이 서린 서로의 얼굴을 한 번 바라보았다.

슬훈은 채 오 분도 지나지 않아 탐미경의 잠금 해제에 성공했다. 해영의 숨통을 그토록 거세게 거머쥐고 있던 탐미경은 한낱 데이터 쪼가리에 불과했던 것이다.

"됐다. 이제 확인 버튼만 누르면 탐미경이 꺼질 거예요. 지금 꺼 볼까요?"

해영은 슬훈의 말에 얼떨떨한 얼굴을 했다. 온라인에서 저와 생각이 같은 사람을 발견하자마자 만나 달라 청할 만큼 답답해하던 해영이지만, 탐미경을 끄는 것은 또 다른 문제인 것 같았다. 수림은 자신이 감히 해영의 복잡한 마음을 이해한다 말할 수 없었다.

입술을 깨물며 땅만 바라보던 해영이 문득 고개를 들어 수림과 눈을 마주쳤다. 수림은 말 대신 눈빛으로 해영을 응원했다. 마침내 결심한 듯, 해영이 천천히 고개를 끄덕였다.

해영의 허락을 눈짓으로 살핀 슬훈이 확인 버튼을 눌렀다. 곧 수림에겐 낯설지 않은 안내 음성이 들려왔다.

시스템을 종료합니다.

수림이 탐미경을 꼈던 날처럼 해영의 얼굴에서도 가짜 얼굴이 허물어져 내렸다. 마치 정말로 숨구멍이 뚫려 있지 않은 가면을 쓰고 있다가 처음으로 벗어 낸 사람처럼, 해영은 눈을 감고 깊게 숨을 들이마셨다. 해영의 가슴팍이 크게 들썩였다.

마침내 드러난 해영의 맨얼굴을 보며 수림은 조금 놀랐다. 얼룩덜룩한 해영의 피부 때문이었다.

백반증이라는 것에 대해서 들어 본 적은 있다. 피부색은 물론이고 눈매의 형태와 콧대의 높이까지 조절할 수 있는 요즘, 백반증은 너무나도 손쉽게 가릴 수 있는 질환이었다. 종종 패션 아이템처럼 피부를 얼룩무늬로 물들인 사람도 있었다. 하지만 해영의 얼굴은 개성 있다거나 예쁘다는 말로는 표현할 수 없었다.

수림은 해영의 살굿빛 피부 위를 불규칙하게 뒤덮은 흰 얼룩을 바라보았다. 얼룩이 지나는 왼쪽 눈가의 눈썹과 속눈썹이 모두 희었다. 실례라는 건 알지만 상상도 못 했던 해영의 비밀에 수림이 넋을 잃었다. 해영은 그 어느 때보다도 후련해 보였다.

"고마워."

그제야 수림은 해영이 했던 말이 떠올랐다. 해영의 아빠가 해영의 맨얼굴을 '흠'이라고 칭했다던 그 말.

어쩌면 그건 자존심 문제일지도 몰랐다. 만일 해영이 탐미경을 사용하지 않는다면 누군가는 '탐미경의 기능에 치명적인 문제가 있어서 백반증까지 있는 설립자의 딸이 사용하지 않는 것이다'라는 음모론을 제기할 것도 눈에 훤했다. 그런 이유로 해영이 자신의 진짜 얼굴을 부끄러운 것인 양 가리고 다녀야만 했다니.

수림의 속에서 화가 울컥 솟았다.

그 누구도 자신의 얼굴을 '부끄러운 것'으로 만들 순 없다.

오래전 보았던 다큐멘터리 속 사람들의 얼굴이 줄줄이 눈앞에 떠올랐다. 웃음이 많은 노인의 얼굴엔 눈가 주름과 팔자 주름이 선명했고, 어떤 남자의 눈썹 위에는 큰 흉터가 있었다. 턱 아래에 있는 큰 점을 자신의 복점이라며 웃던 여자도 있었다.

누군가는 그마저도 전부 고치거나 가려야 하는 것이라고 말할지 모른다. 하지만 수림은 그 얼굴들이 모두 아름답다고 생각했다. 나의 '흠'을 부끄러워하지 않는 당당함이야말로 그들을 가장 빛나게 했다.

치솟는 화를 애써 억누른 수림이 더 밝은 미소를 띠며 말했다.

"언니, 참 예쁘다."

해영이 수림과 눈을 맞췄다. 해영의 입꼬리가 부드럽게 호선
을 그리며 위로 향했다.

얼렁뚱땅, 오합지졸 테러단

해영을 만나고 꼭 이 주가 흘렀다. 해가 갈수록 더워지는 날씨에 옷깃을 붙잡아 펄럭펄럭 흔들며 집으로 향하던 수림의 패드에서 진동이 울렸다. 이마에 송골송골 맺힌 땀을 손등으로 대충 훔쳐 내며 메시지를 읽었다.

비밀 모임……?

늘 조곤조곤, 차분하던 해영이 오늘따라 조금 들떠 보였다. 수상쩍은 메시지를 눈으로 다시 한번 천천히 훑어보았다. 슬훈까지 함께 와 달라고 한 걸 보면 아마 탐미경에 대해 얘기할 것 같았다.

으음, 목을 울리며 잠시 고민했다. 소리가 몸을 타고 귀를 울리자 이상하게도 확신이 서지 않던 마음이 차분해졌다.

비밀 모임이니, 은밀하게 오라느니 했지만 저번에 도와줘서 고맙다는 얘길 하려는 거겠지. 두 살이나 언니인 해영이 쑥스러워서 다른 용건인 척하는 거라고 생각하니 조금 귀엽게 느껴졌다.

수림은 슬훈에게 전화를 걸었다. 단조로운 멜로디가 짧게 들린 후 슬훈의 단정한 목소리가 뒤따랐다.

―응, 수림아.

슬훈은 전화를 받을 때 언제나 수림의 이름을 불렀다. 그 나긋한 목소리가 제 이름을 부르는 순간이 좋아, 수림은 메시지로 말할 수 있는 용건도 괜히 전화를 걸어 이야기하곤 했다. 이번에도 귓가를 따뜻하게 적신 목소리를 열심히 주워 마음에 담았다.

"슬훈아. 지금 뭐 해? 잠깐 시간 되면 해영 언니네 다녀올래? 언니가 우리한테 할 말 있대."

―나까지? 음, 시간은 괜찮긴 한데.

"응, 너까지. 뭐 탐미경을 해제해 줘서 고맙다거나 그런 얘기 하려는 거 아닐까? 잠깐이면 될 것 같아. 그럼 한 시간 뒤에 보자."

—그래, 알았어. 이따 봐.

언니 덕분에 오늘도 슬훈이를 만나게 됐네. 히히, 저도 모르게 웃음이 새어 나왔다. 수림은 입술을 꼭 깨물고 서둘러 발걸음을 재촉했다. 슬훈을 만날 생각에 마음이 급해졌다.

*

위압감 넘치는 해영의 집 현관이 이제는 제법 친숙했다. 해영이 언제나와 같은 얼굴로 문을 열어 주고 차를 한 잔씩 내어 주었다. 아까 보낸 메시지와 달리 들뜬 기색이 보이지 않았다. 오히려 평소보다 더 차분하고, 조금 더 단단한 기운이 감돌았다. 상상했던 것과 다른 해영을 보며 수림은 어리둥절했다.

차를 홀짝인 해영이 잔을 테이블 위에 올려놓았다. 유리잔이 테이블과 닿으며 달그락하는 소리를 냈다. 수림도 왜인지 목이 타서 입에 차를 머금었다. 더운 여름 날씨를 헤치고 오느라 발갛게 달아올랐던 볼이 차가운 차 한 모금에 기분 좋게 식어 갔다.

해영이 큼큼, 목을 가다듬었다.

"오느라 고생 많았어. 매번 와 달라고 하기 미안해서 내가 너희 쪽으로 갈까 했는데, 남들이 들으면 안 되는 얘기라 우리 집에서 은밀히 만나는 게 좋을 것 같아서."

“남들이 들으면 안 되는 얘기?”

수림과 슬훈의 눈이 마주쳤다. 눈치를 보는 두 사람을 두고 해영이 다시 한번 홀짝, 차를 마셨다. 그리고 찻잔에 시선을 고정하며 말을 이었다.

“그래. 일단 차 한 모금 더 마셔. 놀랄지도 모르니까.”

수림과 슬훈은 영문을 모른 채 차를 마셨다.

‘대체 무슨 얘길 하려고 이렇게 뜸을 들이는 걸까?’

달그락, 찻잔을 내려놓자 해영이 고개를 들었다. 드디어 본격적인 이야기를 꺼낼 셈인 것 같았다. 경연 프로그램 우승자를 발표하기 전에 시간을 끄는 MC처럼, 해영이 숨을 깊게 들이마셨다. 세 사람 사이에 묘한 긴장감이 감돌았다.

“나, 탐미경 시스템을 고장 낼 거야. 혼자서는 어려울 것 같아서 너희가 나를 좀 도와줬으면 해. 말하자면 테러를 하자는 거지.”

“뭐? 그게 무슨 소리야?”

“네?”

이 언니가 정말 무슨 소릴 하는 거야? 내가 말을 제대로 이해한 게 맞아?

슬훈의 반응 역시 수림과 크게 다르지 않았다. 소리만 지르지 않았을 뿐이지, 항상 단정하던 얼굴이 경악으로 물들었다.

해영은 마치 점심이나 먹으러 가자는 말을 하는 듯 평온했다.

"말 그대로야. 어렵게 생각하지 마. 탐미경 시스템을 테러한다, 세상의 모든 탐미경은 사라진다."

"그걸 어떻게 쉽게 받아들여? 아니, 대체 어쩌다 이런 생각을 하게 된 거야?"

해영은 두 사람의 반응을 이미 예상했다는 듯 태연하게 말을 이어 갔다.

"저번에 너희가 내 탐미경을 종료해 줘서 정말 오랜만에 맨얼굴을 보고 깨달았어. 사람들에게는 모두 가면을 벗고 자신의 진짜 얼굴을 마주할 시간이 필요하다는 걸. 모든 사람이 달가워하진 않겠지만 말이야."

"아, 아니……. 아무리 그래도 테러라니, 너무 급진적인 결론 아니야?"

"영구적으로 고장을 내려는 건 아니야. 단 몇 시간, 아니 몇 분만이라도 탐미경을 끌 수만 있으면 돼. 사람들이 잊고 사는 사실을 보여 줘야 해. 우리에겐 진짜 얼굴이 있다는 거. 아무리 보기 좋은 가면으로 가려 봤자 내 본질은 변하지 않는다는 사실."

"……."

해영이 한층 낮아진 목소리로 이야기했다. 수림과 슬훈에게도 해영의 진지함이 가닿았다.

우리에겐 진짜 얼굴이 있다는 것, 아무리 숨기려 해 봤자 본질은 변하지 않는다는 것. 그간 수림이 생각해 온 바와도 완벽하게 같았다. 가슴 한편이 일렁였다. 수림은 마음에서 치는 파도를 애써 모른 척하며 시니컬한 목소리로 되물었다.

"우리가 어떻게? 십 대들이 모여서 해내기엔 너무 어려운 일 아니야?"

해영이 눈을 길게 감았다 뜨고 수림을 똑바로 마주했다. 수림은 해영의 그 눈동자를 본 적이 있었다. 그때 그 눈동자였다. 아빠가 원하는 대로 나 자신을 숨기고 살지는 않겠다는 말을 하던 그때. 단단한 불씨가 타오르는 선명한 눈동자.

"알아, 어려울 거라는 건. 그렇기 때문에 당장 쳐들어가자는 게 아니고, 너희가 날 도와줬으면 좋겠다는 거야. 머리를 모아서 차근차근 방법을 찾을 수 있게. 이건…… 어렵지만 꼭 필요한 일이니까."

수림이 곧바로 대답하지 못하고 머뭇거렸다. 해영이 수림을 물끄러미 보다가 다시금 입을 열었다.

"사실 난, 그동안 탐미경을 내 힘으로 절대 끌 수 없을 거라고 생각했어. 그래서 시도조차 안 했던 거야. 이건 영영 내 숨통을 조일 거라고, 지레짐작해서 포기한 거지."

해영은 잠시 숨을 가다듬고 말을 이었다.

"그런데 너희가 내 탐미경을 종료해 준 날, 머리를 한 대 얻어맞은 기분이었어. 그때 깨달았지. 바라는 일이 있다면, 내가 직접 나서서 기회를 만들어야 한다는 거. 가만히 앉아서 생각만 한다고 기회가 저절로 찾아와 주지 않으니까."

"그치만…… 우린 시스템을 제어하는 곳이 어디인지도 모르고, 안다 해도 당연히 거기에 쉽게 접근할 수도 없을 거고, 또 막상 장치가 눈앞에 있어도 어딜 어떻게 건드려야 하는지도 모르는데……."

"그건 차차 알아내야지. 그나마 다행인 소식이 하나 있잖아? 내가 탐미경 대표의 딸이라는 거."

KO패였다. 수림은 해영의 제안을 들었던 순간부터 조금씩 파도치기 시작한 마음이 해일처럼 커다랗게 자신을 덮쳐 오는 것을 느꼈다.

아마 이 일이 성공한다면 엄청난 파장이 뒤따를 것이다. 세상 사람들의 가짜 얼굴이 녹아내릴 것이고, 매스컴에 대서특필될 것이고, 처벌을 받게 될지도 모른다. 내게 그런 일을 저지를 용기가 있을까?

수림이 다시 해영과 눈을 마주했다. 해영의 눈동자 깊은 곳에 있던 불씨가 화르르 타오르며 수림을 향해 날아왔다. 망설이던 수림이 마침내 데일 듯 뜨거운 마음을 꿀꺽, 집어삼켰다.

"하, 그래. 해 보자."

대답하는 바로 그 순간, 수림은 질기고 단단한 운명의 끈으로 해영과 이어졌다는 것을 본능적으로 깨달았다.

그때 슬훈이 설마 하는 목소리로 중얼거렸다.

"잠깐만. ……그럼 저도 이 작전에 포함된 거예요?"

수림과 해영의 눈이 마주쳤다. 금세 '당연한 걸 뭘 물어보느냐'는 두 사람의 눈빛이 슬훈을 향했다. 슬훈은 쭈뼛거리며 당황한 표정으로 뺨을 긁적였다. 그리고 조심스레 말을 꺼냈다.

"저는 조금만 더 고민해 봐도 될까요? 신중하게 생각할 시간이 필요할 것 같아서."

"그래, 그럼. 슬훈이는 임시 멤버로 하자. 마음 정하면 알려 주고."

너무나 갑작스러운 제안이라는 걸 알기에 고개를 끄덕였다. 슬훈이 고민하는 시간이 오래 걸리지 않기를 바랄 뿐이었다.

이후 대화의 주제는 '어떻게 탐미경을 멈출 것인가'로 바뀌었다. 수림이 먼저 질문하자 해영이 눈을 반짝 빛내며 웃었다.

"한 가지 생각한 방법이 있어."

"뭔데?"

"자, 내 친구를 소개할게. 앤티!"

해영이 갑자기 높은 목소리로 외쳤다. 그러자 아무도 없던 빈 방에서 무언가가 아주 좁은 방문 틈을 통과해 쪼르르 이쪽을 향해 달려왔다. 해영이 말한 '친구'의 정체는 새끼손가락 한 마디 크기의 작은 로봇이었다.

해영이 무릎을 꿇어 손바닥을 내밀자 로봇이 빠르게 해영의 손바닥 위에 올라탔다. 해영이 수림과 슬훈을 향해 손을 내밀었다.

“얘는 ‘앤트봇’이야.”

“앤트봇?”

요즈음 대부분의 사람들은 로봇보다 홀로그램 비서를 택하는 편이었다. 실체를 관리할 필요가 없어서 훨씬 편리하니까. 수림은 로봇을 가까이에서 보는 게 처음이었다. 게다가 이렇게 작은 크기라니…….

“응. 개미만 한 로봇이라는 뜻으로 내가 붙여 준 이름이야. 개미보단 훨씬 크긴 하지만…….”

“이런 로봇을 어디에서 구했어요?”

“아빠네 회사의 개발자님이 만들어 주셨어. 어릴 때부터 나를 되게 예뻐해 주셨던 분이야. 정말…… 딸처럼 예뻐해 주셨지.”

해영이 천천히 눈을 깜빡였다. 뭔가를 말할 것처럼 달싹이다가 입술을 금세 꼭 다물었다. 수림과 슬훈은 어리둥절한 눈을 마주 바라봤다.

잠깐의 침묵 끝에 해영이 담담한 투로 말을 꺼냈다.

“탐미경도 처음에는 날 위해 개발된 프로그램이었거든. 백반증 때문에 놀림받고 상처받을까 봐, 아빠가 개발자님이랑 협업해서 만들었던 거야.”

“탐미경이 언니를 위해 만들어진 거였다고?!”

생각지도 못한 이야기였다. 탐미경 개발 목적이라고 해 봤자

'모두에게 동등한 아름다움을!'이라는 캐치프레이즈에서 크게 벗어나지 않을 거라고 생각했는데, 백반증을 앓는 딸을 위한 거였다니.

그런데 왜 이제는 해영이 원하지도 않는데 탐미경 사용을 강요하는 걸까? 슬훈도 같은 의문이 들었는지 중얼거렸다.

"그런데 왜 지금은……."

"처음은 그랬지만, 아빠도 회사가 커지면서 욕심이 생긴 거겠지. 하루가 다르게 성장하는 회사, 눈 깜빡할 때마다 불어나는 자산을 보면서 누가 초연할 수 있겠어. 가진 게 많아지면 으레 초심을 잃곤 하잖아."

해영의 눈에 슬픔이 얼핏 스치고 지나갔다. 그렇지만 이내 가뿐한 얼굴로 손바닥 위 앤트봇을 가리켰다.

"어쨌든, 이제는 개발자님이랑도 거의 못 만나게 되긴 했지만……. 그분이 특별한 친구를 가지고 싶지 않냐면서 만들어 줬던 게 앤티야."

하얀 손바닥 위에 당당히 선 앤트봇이 양손을 번쩍 치켜들었다. '내 얘기야!' 하고 자랑하는 것 같았다. 그 해맑은 모습이 해영의 이야기와 대비되어 아이러니하게 느껴졌다.

"마음이 아프네요."

"그럴 것까진 없어. 그냥 앤트봇을 소개해 주려고 한 얘기니까. 자, 앤티. 인사해."

해영의 부름에 앤티가 얌전히 허리를 숙였다. 콩알만 한데 꽤 예의가 바른 녀석이었다.

슬훈 역시 호기심 어린 눈으로 앤트봇을 바라봤다. 슬훈이 손가락을 조심스레 내밀어 봤지만 앤트봇은 조그마한 발을 구르며 슬훈의 손가락을 피해 다녔다. 그 광경을 지켜보던 해영이 피식 웃으며 설명했다.

"얘는 내 말만 듣고 내 명령에만 따라. 그래서 앨 이용해 장난도 많이 쳤지. 아빠가 집에 못 들어오게 현관문 잠금장치를 막고 있게 하기도 했고, 얄밉게 구는 친구의 옷 속에 몰래 넣어서 간지럼을 피우라고 시키기도 했고."

"……."

"왜 그렇게 봐?"

"그렇게 안 봤는데 언니 되게 유치하네……."

해영이 멋쩍게 헛기침을 뱉었다. 큼, 하는 소리에 슬훈이 웃음을 참으려는 듯 입술을 씰룩였다.

"아무튼, 얘가 우리 계획을 도와줄 거야."

수림은 해영의 손바닥 위에 놓인 앤트봇을 미심쩍게 바라보았다. 이 쪼그만 게……? 앤트봇은 수림이 저를 못 미더워한다는 걸 눈치챈 모양인지 허공에 손가락질을 하다가 또다시 발을 굴렀다. 분에 겹기는 한데 하도 조그매서 아무것도 하지 못하는 모양새였다. 그 하찮은 모습에 수림의 의심이 더욱 짙어졌다.

"뭐, 그래……. 언니한테 다 계획이 있겠지, 뭐……."

그렇게 얼렁뚱땅, 어영부영, 오합지졸 탐미경 테러단이 결성되었다. 멤버는 해영과 수림, 임시 멤버인 슬훈, 그리고 작고 소중한 앤트봇이 전부였다.

감춰야만 하는 것에 대하여

수림은 시계를 확인했다. 슬훈과의 약속 시간까지는 오 분 정도가 남아 있었다.

사실 스케치 단계 이후에는 굳이 슬훈과 만나지 않고 각자 그림을 그려 나가면 됐다. 그러나 수림은 둘 다 아날로그 그림 그리기에 익숙하지 않으니, 숙제 마지막까지 얼굴을 보고 힘을 합쳐 그림을 완성하는 것은 어떠냐고 넌지시 제의했다. 슬훈은 수림의 제안을 흔쾌히 수락했다.

슬훈을 만나는 날은 신기하게도 언제나 하늘이 맑았다. 흰 구름이 높이 떠 있는 하늘은 여름보다는 가을 하늘처럼 보였다. 성기게 흐트러지는 솜 같은 구름을 올려다보던 수림은 약속 시간을 이 분 앞두고 타다다, 바쁘게 달려오는 발소리를 들었다. 슬훈이 뛰어와서 손을 흔들었다.

"안녕, 지각은 아니니까 천천히 와."

"다행이다. 늦을까 봐 엄청 달렸거든."

슬훈이 손등으로 이마에 맺힌 땀을 닦아 내며 숨을 가다듬었다. 얼마나 뛰었는지 헉헉거리는 숨이 쉬이 가라앉지 않았다. 수림은 웃으며 손부채질을 해 주었다.

겨우 진정한 슬훈이 눈짓으로 카페를 가리켰다.

"엇, 잠깐만."

나란히 카페에 들어서려던 찰나, 슬훈이 멈칫했다. 등에 둘러멘 가방을 앞으로 돌리더니 안쪽을 뒤적이기 시작했다. 찾는 것이 손에 잡히지 않는지 얼굴을 가방에 집어넣을 기세였다. 수림이 물었다.

"왜? 뭐 놓고 온 거 있어?"

"아…… . 급하게 나오면서 짐 쓸어 왔는데 정작 스케치북을 놓고 왔다."

"뭐? 스케치북이 없으면 숙제를 어떻게 해."

"그러게."

끙, 슬훈이 난감하게 앓는 소리를 냈다. 그리고 카페와 골목을 번갈아 보다가 한껏 미안한 표정을 지었다.

"먼저 카페 들어가 있을래? 빨리 다녀올게. 아니면 우리 집에 같이 들렀다가 그 근처 카페에 가도 되고. 진짜 미안해."

수림은 짧은 고민에 빠졌다. 땀으로 젖은 슬훈의 이마가 눈에 들어왔다. 가뜩이나 더운 날씨에 뜀박질을 해 뺨도 조금 붉었다. 천천히 다녀오라고 해도 전력 질주할 모습이 훤했다.

"그럼 너희 집 근처 카페로 가자. 거기서 하지, 뭐."

"아, 고마워. 오늘 커피는 내가 살게."

"케이크도?"

"오케이."

케이크가 맛있는 카페를 안다며 슬훈이 자신 있게 오케이를 외쳤다. 수림은 킥킥 웃으며 슬훈과 나란히 걸었다. 화창한 날씨에 산책을 하는 듯 기분이 상쾌했다. 수림은 붕붕 하늘로 날아갈 것처럼 들떴다.

슬훈이 얼굴을 인식하자 현관문이 삐리릭 소리를 내며 무겁게 열렸다. 클래식 음악이 흐르는 집 안은 깔끔했고, 실내 온도가 여름치고도 조금 낮은 듯했다. 그 탓일까, 사람 사는 냄새보다 냉기가 먼저 느껴지는 공간이었다. 수림은 문간에 서서 어색한 얼굴로 눈을 굴렸다.

그때, 중년의 여성이 거실을 가로질러 현관 앞으로 다가왔다. 피로가 잔뜩 쌓인 얼굴과 깡마른 어깨 위로 예민한 기색이 묻어났다. 슬훈의 어머니인 듯싶어 수림이 재빠르게 고개를 숙였다. 눈짓으로 수림의 인사를 받은 어머니가 슬훈을 빤히 쳐다보더니 물었다.

"나간다더니 왜 벌써 들어오니?"

"뭘 놓고 가서 친구랑 잠깐 들렀어요. 금방 다시 나갈 거예요."

신발을 벗는 슬훈을 못마땅하게 쳐다보던 어머니가 깊은 한숨을 푹 내쉬었다. 기분이 안 좋으신가? 수림이 슬쩍 눈치를 살피는데, 곧장 예민한 목소리가 날아왔다.

"나가기 전에 꼼꼼히 챙겼어야지. 너는 왜 매번 뭐 하나 야무지게 하질 못해?"

"죄송해요."

"하여간, 지네 아빠랑 똑 닮아선……."

슬훈은 익숙한 듯 방으로 들어가 곧장 스케치북을 챙겨 들고 나왔다. 그리고 저를 노려보는 어머니에게 넉살 좋게 "죄송해요." 하고 한 번 더 웃어 보였다. 어머니는 아들의 넉살을 본척만척하며 혀를 찼다.

어머니는 슬훈을 보지도 않고 계속해서 악담을 퍼부었다. 슬훈은 그런 어머니에게 아무렇지도 않게 "다녀오겠습니다." 하며 인사했다. 생각지 못한 날 선 분위기에 수림도 기어들어 가는 목소리로 "안녕히 계세요." 하며 슬훈을 따라 도망치듯 집을 나섰다.

높은 습도의 찌는 더위였지만, 무거운 분위기에 짓눌려 있다가 밖으로 나오니 숨이 조금 트이는 기분이었다. 슬훈은 말없이 걷다가 움츠러들어 있는 수림에게 작은 목소리로 사과를 건 넸다.

"미안. 우리 엄마가 좀 특이하지?"

"아, 아냐. 너는 괜찮아?"

"응. ……아닌가. 괜찮은지는 잘 모르겠네."

슬훈은 기운 없는 목소리로 슬쩍 속마음을 내비쳤다. 두 사람은 고요 속에 몇 걸음을 더 옮겼다. 슬훈이 조심스레 입을 열었다.

"방금 들었지? 내가 아빠랑 똑 닮았다는 얘기. 엄마는 내가 아주 어릴 때 아빠랑 이혼하셨거든. 지금은 연락도 닿지 않아서 아빠가 어디서 어떻게 지내고 계시는지는커녕 살아 계신지도 잘 몰라."

수림은 숨을 집어삼켰다. 어떤 반응을 해야 할지 감이 잡히지 않아서 그저 조용히 귀를 기울였다. 항상 다정하고 나긋하던 슬훈인데, 감정이 사라진 듯 건조한 목소리가 낯설었다.

"어렸을 적부터 엄마는 종종 나한테 아빠 욕을 했어. 책임감 없고 순전히 자기 생각만 하는 사람이라고. 그런데 내가 커 갈수록 자꾸만 아빠를 닮아 가는 거야. 눈매도, 얼굴형도, 키나 덩치도……. 엄마는 날 볼 때마다 아빠가 떠오른다면서 점점 나를 미워하게 됐어. 그리고 나 역시도……."

말끝에서 짙은 슬픔이 묻어났다. 슬훈은 잠시 숨을 가다듬고 다시 차분해진 목소리로 말을 이었다.

"엄마를 슬프게 하는 내 얼굴이 너무너무 싫어졌어. 아빠를 닮지 않았으면 좋았을걸. 왜 나는 이렇게 생긴 거지? 거울 속에 비친 모습을 볼 때마다 모든 걸 다 깨부수고 싶었어. 그래서 탐미경을 쓰기 시작한 거야. 그러면 내 진짜 얼굴을 가릴 수 있으니까."

슬훈에게는 탐미경이 꼭 필요했구나. 그런데도 내가 탐미경을 나쁘게 말했을 때 수긍했다니.

저도 모르는 사이 슬훈의 아픈 구석을 찔렀을지도 모른다고 생각하자 죄책감이 들었다.

사과해야 할까. 수림이 망설이는 동안, 슬훈의 단정한 입술이 열렸다. 목소리에서 조금 더 무거운 진중함이 느껴졌다.

"그런데 이제는 내가 엄마 마음에 차지 않는 행동을 해도 아빠를 닮았다고 화를 내서. 외모는 탐미경으로 가릴 수 있었는데, 내 행동을 지적받으면 어떻게 해야 할지 도저히 모르겠어. 처음엔 아빠를 닮은 얼굴만 미웠는데, 가면 갈수록 점점 나라는 사람 자체가 잘못된 것 같아."

"무슨 소리야, 그렇지 않아."

"응, 알아. 나도 이젠 나를 더 이상 미워하고 싶지 않아. 아빠를 닮았다고 해서 내가 아빠인 건 아니잖아. 나도 있는 그대로의 나를 사랑해도 되는 거잖아."

슬훈의 목소리는 담담해서 더 슬프게 들렸다. 목구멍 안쪽이 먹먹하게 막힌 기분이었다. 수림은 어린 슬훈이 견뎌 왔을 시간을 생각하니 덩달아 서러워졌다.

잠시간 말을 고르는 듯 허공을 바라보던 슬훈이 입을 열었다.

"그러니까…… 나도 합류할게, 해영 누나가 했던 제안."

뜻밖의 결론이었다. 슬훈은 민망해하며 고개를 숙였다.

"너랑 해영 누나 덕분이야. 탐미경으로 가린 내가 아니라 진짜 나를 마주하고 싶다는 확신이 든 건. 그리고 그 일을 성공하면, 엄마에게도 나를 아빠가 아니라 나 자체로 봐 달라고 하고 싶어."

수림은 먹먹한 마음으로 고개를 끄덕였다. 우리의 결심이 모여 하나의 목표를 향해 나아간다. 비로소 한 팀으로 묶였다는 실감이 났다.

슬훈은 수림의 얼굴을 흘끗 내려다보다가 갑자기 하하, 웃었다.

"미안, 좀 무거운 얘기였지?"

가벼운 말투로 분위기를 환기하려 하는 모습에 오히려 마음이 더 울렁거렸다.

"아니야! 난 네가 네 얘길 들려줘서 좋아. 그냥, 무슨 말을 해도 위로가 되지 않을 것 같아서……. 속상한 일 있으면 언제든 얘기해. 나 들어 주는 것 하나는 진짜 잘하니까."

“정말? 든든하네. 고마워.”

웃음기를 담은 슬훈의 눈가에 작은 주름이 졌다.

해영도, 슬훈도 수림이 알 수 없는 괴로운 마음으로 탐미경을 쓰고 있었을 것이다. 해영, 그리고 슬훈이 탐미경 안에 감춰야 했던 것은 무엇일까. 단지 얼굴만은 아니었을 것이다. 어쩌면 두 사람은 ‘나’라는 존재 자체를 부정당했던 것일지도 모른다.

수림이 슬훈의 어깨를 툭툭 다독였다.

“그리고 걱정하지 마. 이왕 해영 언니랑 함께하기로 한 거, 멋지게 성공해서 어머니께 당당히 얘기할 수 있을 거야. ‘진짜 나’를 봐 달라고.”

슬훈도 고개를 끄덕였다.

“그래, 꼭 성공하자.”

흔들림 없는 슬훈의 목소리를 듣자, 왠지 정말로 잘될 거라는 생각이 들었다. 희망이 수림의 가슴을 적셨다.

문 박사와의 만남

슬훈까지 작전에 합류하기로 했다는 소식이 해영에게도 전해졌다. 해영은 그 직후부터 폭주 기관차처럼 계획을 짜 나가기 시작했다.

작전의 첫 번째 단계는 탐미경 본사의 구조를 파악하는 일이었다. 테러를 실행하기 위해서는 가장 먼저 적을 파악해야 하니까.

탐미경 본사에는 자유 견학 프로그램이 마련되어 있고, 해영이 요청한다면 빠른 시일에 날짜를 잡는 것도 가능했다. 따로 안내인이 붙지 않는 만큼 견학할 수 있는 공간은 한정적이었지만, 우선은 염탐을 해 보기로 했다. 해영이 대표자로 세 사람의 견학을 신청했다.

*

괜스레 찔리는 마음에 눈에 띄지 않는 까만 티셔츠를 입은 수림은 탐미경 본사 앞에 쭈뼛쭈뼛 섰다. 해영은 평소처럼 무감해 보이는 얼굴이었지만, 이제 수림은 그 무표정한 얼굴 뒤에 숨은 감정을 직감적으로 알아챌 수 있었다. 긴장하고 있는 게 분명했다.

슬훈 역시 긴장감에 손에 땀이 차는지 자꾸만 바지춤에 손바닥을 문질러 댔다. 해영이 "긴장한 티 내면 안 돼." 하고 말하자 바지춤에 손바닥을 문지르는 행동은 멈췄지만, 이번엔 뒤로 멘 백팩 끈을 계속해서 만지작거렸다. 어째 세 사람 중 가장 덩치가 큰 슬훈이 가장 겁을 먹은 모양새였다.

수림은 숨을 크게 들이마시며 눈앞의 건물을 올려다봤다. 온통 시커멓고 커다란 건물에 저절로 기가 눌리는 기분이었다. 패드를 띄워 시간을 확인하던 해영이 곧 "가자, 들어갈 시간이야." 하고 이야기했다. 적진에 잠입하는 스파이가 된 기분이었다.

최대한 무해한 학생처럼 보이길 바라며 로비 안으로 들어섰다. 층고가 높고 깔끔한 로비에 탐미경 홍보 영상이 홀로그램으로 쏘아 올려지고 있었다.

내부의 모습에 감탄하기도 전에 저 안쪽 엘리베이터에서 중년 남자 여러 명이 우르르 내려 출구를 향해 걸어왔다. 모두가 정장을 갖추어 입었는데, 가장 선두에 선 남자가 높은 사람인지 사람들이 그에게 고개를 조금씩 숙이고 있었다. 수림은 드라마에서나 보던 풍경에 정신이 팔려 해영의 표정이 굳는 것을 미처 눈치채지 못했다.

선두에 선 남자가 이쪽으로 시선을 던졌다. 내내 뚜벅뚜벅 이어지던 발소리가 우뚝 멈춘 것도 그때였다. 눈썹을 찌푸린 남자가 옆에 선 직원들에게 무슨 말을 중얼거리더니 곧 수림과 가까워졌다.

"해영이냐?"

"아빠."

남자와 해영이 동시에 입을 뗐다. 수림은 해영의 입에서 나온 '아빠'라는 단어에 놀란 기색을 감추려 애썼다. 상상 속 해영의 아버지는 날카롭고 독단적이고 사나운 인상의 독불장군이었는데, 실제로 보니 온화하고 다정해 보이는 인상이었다. 해영에게 탐미경을 억지로 뒤집어씌운 사람이라고는 믿기지 않을 정도였다.

"여기서 뭐 하고 있지?"

"견학 왔어. 친한 동생들이 탐미경 회사가 궁금하다고 하길래. 인사해, 우리 아빠야."

해영이 태연스럽게 수림과 슬훈을 소개시켰다. 수림이 허둥지둥 고개를 숙이며 "안녕하세요." 하고 말하자 머리 위로 "그래, 반갑다." 하는 인자한 목소리가 들려왔다.

"우리 회사가 궁금했다고?"

"네에. 탐미경이 역대 가장 기발하고 완벽한 발명품이라고 하잖아요. 저도 탐미경을 애용하거든요. 항상 잘 쓰는 시스템이라 회사도 궁금했어요."

수림은 빠르게 입에 발린 소리를 내놓았다. 수림의 말에 해영 아빠의 눈매가 부드럽게 누그러들었다. 해영 아빠는 수림을 다정한 눈으로 바라보며 고개를 끄덕였다.

"좋은 호기심을 가지고 있구나. 이번 견학이 큰 도움이 되길 바라마. 혹시 탐미경을 쓰면서 불편한 점이 있다면 편히 말해 주렴. 시스템 업데이트에도 큰 도움이 될 거야."

"특별히 불편한 점은 없어요. 제 주변 사람들도 다들 콤플렉스를 간편하게 숨길 수 있어서 좋다고 만족하거든요."

수림이 생글생글 웃으며 말하자 해영 아빠의 안색이 눈에 띄게 밝아졌다. 탐미경을 싫어하는 딸의 친구가 건네는 이야기라서인지 반가워하는 눈치였다.

"그래, 탐미경은 희대의 발명품이지. 너희는 탐미경이 존재하지 않던 시대를 몰라서 잘 와닿지 않을 수도 있겠지만 말이다. 외모 때문에 주눅 들거나 신경을 쓰지 않아도 된다는 것에 감사해야 해."

해영 아빠의 눈동자가 스르르 움직여 해영을 향했다. 해영의 사연을 몰랐더라면 눈치채지 못했을 만큼 자연스러운 시선이었지만, 수림은 알 수 있었다. 방금 한 이야기가 해영에게 건네는 충고 내지는 훈계라는 것을.

언제나 표정 변화가 크지 않은 해영이지만, 순간 해영의 한쪽 눈썹이 작게 꿈틀거렸다. 수림은 허겁지겁 앞으로 한 걸음 나서서 입을 열었다. 해영이 분위기를 박살 내기 전에 상황을 마무리해야 했다.

"그래서 언니를 졸라 여기에 견학을 온 거예요. 엄청난 발명품을 만든 회사는 어떻게 운영되고 있는지 궁금했거든요. 저희, 최대한 방해 안 되게 조용히 보고 갈게요."

해영의 아빠가 고개를 끄덕였다. 그때 옆을 지키고 있던 직원 하나가 귓속말을 소곤거렸다. 다음 일정에 늦지 않기 위해 자리를 떠야 한다는 말인 듯했다.

해영의 아빠는 세 사람을 골고루 둘러보며 인사를 남겼다.

"그래. 내 딸과 친구들이 견학을 왔으니 특별히 친절하게 대하라고 경비 직원들에게 이야기해 놓으마. 참, 개발팀에 가서 문 박사를 만나 보는 것도 좋겠구나. 탐미경을 개발한 우리 회사의 CTO(최고기술관리자)이니 특별한 만남이 될 거다. 좋은 시간 보내길 바란다. 그럼 이만."

수림은 가능한 한 가장 무해하고 선한 미소를 지으며 허리를 꾸벅 숙였다. 눈치를 보며 한 걸음 뒤에 서 있던 슬훈도 덩달아 허리를 숙였다. 해영만이 꼿꼿이 고개를 든 채 멀어지는 아버지의 뒷모습을 노려볼 뿐이었다.

한차례 폭풍이 휘몰아친 뒤 안도감이 세 사람 사이를 메웠다. 잔잔하게 깔려 있던 긴장이 탁 풀리자 진이 다 빠졌다. 아버지가 나간 출구 쪽을 끝까지 노려보던 해영이 입술을 삐죽이며 수림을 바라봤다.

"너 마음에도 없는 소리 참 잘한다."

"그럼, 여기서 성질대로 '근데 탐미경은 내 진짜 얼굴이 아니잖아요.' 이런 소리를 할까? 그랬다간 시스템을 고장 내긴커녕 이 회사 반경 100미터 내에 접근도 못 하게 됐을걸?"

"……고맙다는 뜻이야."

해영이 겸연쩍게 변명했다. 해영의 태도에 수림과 슬훈이 숨을 죽여 키득거렸다. 조금 더 가뿐해진 마음으로 수림이 속삭이듯 물었다.

"그래서 작전은 있어?"

"뭐……. 허술하지만 큰 틀은 있어. 일단 내부 구조 파악을 먼저 하자."

해영이 대표의 딸이긴 했지만, 탐미경을 계속 불편해했던 터라 회사를 자주 와 보지는 않아 내부 구조를 잘 모른다고 했다. 주변을 둘러보니 엘리베이터 옆쪽으로 층별 안내도가 붙어 있었고, 그 앞에 패드가 설치되어 있었다. 세 사람은 부러 "우와,

신기하다." 같은 말을 조잘거리며 이동했다.

층별 안내도 앞에 방문자 전용 패드가 설치되어 있었는데, 액정의 버튼을 누르니 회사 내부 구조도가 3D 홀로그램으로 펼쳐졌다.

세 사람이 들어온 커다란 남문이 정문이었고 양옆으로 동문, 서문이 작게 나 있었다. 뒤쪽은 출입구가 따로 없이 막혀 있어 회사로 들어올 수 있는 입구는 이렇게 세 곳과 지하 주차장 입구가 전부였다.

1층의 구조를 대략적으로 파악해 눈에 담은 해영이 층별 버튼을 차례로 눌렀다. 2층부터는 직원들이 근무하는 사무 공간이었다. 홍보팀, 개발팀, 디자인팀, 콘텐츠 기획팀 등 간결하게 표기된 공간 사이사이로 휴식을 위한 라운지나 회의실, 스튜디오 같은 공간도 꽤 알차게 들어차 있었다.

회사의 가장 상층부에는 해영의 아빠가 단독으로 사용하는 대표실과 작은 비서 공간이 있었는데, 보안상의 이유인지 구체적인 구조는 보여 주지 않았다. 다시 아래층으로 쭉 내려와 이번엔 지하층의 구조도를 눌렀다. 그제야 눈길을 사로잡는 공간이 나타났는데, 바로 시스템 유지 및 보안 설비 시설이었다.

가장 뒤쪽에 선 슬훈이 견학 내용을 메모하는 척 자신의 패드 한구석에 몰래 지하층의 구조도를 꼼꼼하게 베껴 그렸다. 수림은 슬훈의 패드가 다른 사람들의 눈에 잘 보이지 않도록 슬쩍 자리를 옮겨 몸으로 가려 주었다.

층별 안내도를 뚫어져라 바라보며 해영이 속닥였다.

"먼저 CTO 문 박사님을 만나 보는 것도 나쁘지 않을 것 같아. 도움이 될 정보를 얻을 수 있을지도 모르니까."

슬훈과 수림은 고개를 끄덕였다. 무엇도 손에 쥐고 있지 않은 상황에서는, 뭐가 됐든 우선 시도해 보는 편이 낫다는 것을 모두 알고 있었다.

세 사람은 쭈뼛쭈뼛 걸음을 옮겼다. 직원용 출입구 쪽으로 다가서자, 미리 언질을 받은 경비 직원이 해영을 향해 꾸벅 목례하며 문을 열어 주었다. 세 사람은 꿍꿍이 없는 순진한 학생처럼 보이길 바라며 마주 고개를 숙여 보였다.

앞장서는 해영을 따라 안쪽으로 들어섰다. 해영은 굳게 닫힌 CTO실 앞에서 걸음을 멈췄다. 잠시 숨을 가다듬고, 손마디로 똑똑 문을 두드렸다.

머지않아 안쪽에서 부스럭거리는 소음이 들려오더니 달칵, 문이 열렸다.

"해영이니? 대표님께 연락받았어. 오랜만이구나. 우선 들어오렴."

머리를 질끈 묶은 중년 여성이 활짝 웃으며 맞아 주었다. 뭇 어른들이 그렇듯 그녀의 눈가에 감출 수 없는 피로가 덕지덕지 묻어났다. 하지만 입꼬리를 한껏 올린 표정 덕인지, 한 회사의

CTO에게 느낄 만한 거리감은 없었다.

창문 하나 없는 CTO실에는 모니터 불빛이 가득했다. 오래된 테스트 기기들과 복잡한 회로가 널려 있어, 보는 것만으로도 압도되는 기분이었다.

방 한쪽 소파에 나란히 앉자, 문 박사가 오렌지 주스를 내어 주었다.

"이게 몇 년 만이지? 회사에는 무슨 일로 왔니?"

"제 친구들이 탐미경 시스템에 관심이 많다고 해서…… 견학하러 왔어요."

수림과 슬훈이 다시 한번 꾸벅 고개를 숙이며 자기소개를 했다.

"그렇구나. 해영이의 친한 친구들이라……."

흐음, 하며 문 박사가 가만히 턱을 쓸었다. 두 아이를 빤히 들여다보는 시선이 마치 거짓을 꿰뚫어 보기라도 하는 것 같아 뜨끔했다. 곧 문 박사가 손바닥을 탁, 마주하며 화제를 돌렸다.

"그래, 그럼 탐미경에 대한 얘기를 해 줘야지. CTO실도 구경시켜 주고 말이야."

천진한 대꾸에 세 아이가 몰래 안도의 숨을 내쉬었다. 문 박사는 잠시 고민하더니 이내 입을 열었다.

"탐미경의 개발 스토리가 궁금하지 않니? 초기의 탐미경은 단순히 흉터나 피부 질환 같은 걸 가리기 위해 구상한 프로그램이었어. 대표님, 그러니까 해영이의 아버지가 외모 때문에 상처받는 아이들을 위해 방어막을 만들어 주고 싶어 했거든. 세상엔 외모 때문에 놀림받거나 주눅 드는 아이들이 많으니까. 나도 그 의견에 동감했고, 그렇게 탄생한 게 바로 탐미경이었지."

해영의 백반증이 대한 이야기는 쏙 빼놓았지만, 어쨌든 해영이 들려준 이야기 그대로였다. 수림과 슬훈은 마치 처음 듣는 이야기인 양 와아, 감탄하며 손을 꼭 말아 쥐었다.

"시스템을 막 개발했을 때는 너무 불안정해서 이목구비가 흐려지는 일도 왕왕 발생했었어. 당시에 함께 일했던 개발자들끼리 서로 달걀귀신 같다고 놀릴 정도였거든."

조금 섬뜩하게도 들리는 이야기였지만, 문 박사는 커다랗게 웃음을 터뜨렸다. 수림과 슬훈도 덩달아 웃음을 흘리며 적당히 리액션을 던졌다.

문 박사는 탐미경에 대한 흥미로운 이야깃거리를 줄줄이 들려주었다. 말재주가 꽤 좋아 재미있기는 했지만, 쓸 만한 정보는 없었다.

그러고는 문 박사가 자리에서 일어나 CTO실을 구경시켜 주었다. 기술적인 이야기가 시작됐다. 수림의 귀에는 잘 들어오지 않았다. 문 박사의 뒤꽁무니를 따라 졸졸 움직이던 중, 커다란 진열장 앞에서 걸음이 멈췄다.

"여기에는 프로토 타입 테스트 장비들을 보관해 뒀어. 참, 슬훈이는 프로그램에 관심이 많다고 했지? 한번 구경해 볼래?"

문 박사가 작은 콘솔 박스를 꺼내 들고 한쪽 모니터에 연결했다. 툭툭, 몇 번의 키 입력을 거치자 낯선 인터페이스가 화면 위로 떠올랐다. 검정 배경 위로 너울거리는 초록빛 텍스트는 지금의 탐미경 프로그램과는 전혀 다른, 투박한 UI였다.

신기하긴 했지만, 그다지 특별할 것도 없는 화면을 슬훈만이 유심히 들여다봤다. 긴 문자열을 읽어 내려가는 슬훈의 눈이 모처럼 반짝였다. 그런 슬훈을 물끄러미 바라보던 문 박사가 흠, 하고 목을 울렸다.

"조심해서 만져야 해, 전부 오래된 물건들이라서."

짧게 당부한 문 박사가 빙그레 웃음을 띠며 해영에게 눈길을 돌렸다.

"해영아, 애들은 구경하라고 두고 우리끼리 잠깐 얘기 좀 할까?"

"저만요?"

"응."

잠시 머뭇거리던 해영이 이내 고개를 끄덕였다. 어리둥절한 수림과 슬훈에게 "구경하고 있으렴." 하며 문 박사가 먼저 CTO실 바깥으로 나섰다. 해영은 조용히 수림과 슬훈에게 눈짓하며 그녀를 따라나섰다.

문 박사는 CTO실에서 얼마 떨어지지 않은 회의실로 해영을 안내했다. 먼저 해영을 들여보낸 문 박사가 문단속을 하고는 편한 의자에 기대어 앉았다.

문 박사는 잠시 뜸을 들이다가 말했다.

"자, 이제 편히 말해 봐. 웬일로 회사까지 온 거야?"

"네? 말씀드렸잖아요. 친구들이 탐미경에 관심이 있어서 견학 왔다니까요."

왜 이걸 다시 묻는 거지? 해영은 가슴이 뜨끔했지만, 시치미를 뚝 떼었다.

문 박사가 등받이에 기대어 있던 허리를 세우고 또다시 해영을 물끄러미 바라봤다. 곧이어 들려오는 목소리는 해영의 속을 훤히 꿰고 있는 것처럼 확신에 차 있었다.

"너, 탐미경 대표의 딸이라는 것도 주변에 절대 이야기하지 않았잖아. 몇 년 전부터는 회사에 오는 것도 끔찍하게 싫어했고. 내가 그런 것도 모를까 봐? 이 녀석아, 차라리 귀신을 속여라."

"……."

이런, 망할.

해영이 입술을 꾹 깨물었다. 아버지야 워낙 회사에 자부심이 커서 속이기가 어렵지 않았다. 친구들이 탐미경에 관심을 보인다고 이야기만 해도 뿌듯하게 고개를 끄덕이는 사람이니까. 하지만 문 박사는 달랐다. 눈치 빠른 그녀마저 속일 수는 없었던 모양이었다.

　해영이 대답하기를 거부하고 슬쩍 고개를 돌렸다. 문 박사도 재촉하지 않고, 옆을 향한 해영의 하얀 뺨을 가만 바라보았다. 팽팽한 줄다리기 같은 침묵이 이어졌다. 그 끝에 먼저 입을 연 것은 문 박사였다.

　"해영아, 난…… 사실 너에게 항상 미안했어."

　"알아요."

　해영이 담담하게 답하자, 문 박사가 눈을 둥그렇게 떴다. 그 시선에 해영이 고개를 떨궜다. 이야기해도 될까? 머뭇머뭇 망설이던 해영이 마음을 먹고 시선을 들어 올려 문 박사와 눈을 맞추었다.

　"처음엔 절 위해 탐미경을 만들었던 아빠가, 탐미경 사용을 강요하기 시작했을 때부터 박사님을 만나기 어려워졌죠. 마지막으로 박사님을 봤던 날도 기억해요. 제가 아빠에게 탐미경을 쓰고 싶지 않다고, 내 얼굴이 창피하냐고 울면서 바닥을 굴렀던 날이었잖아요. 그 뒤로 가끔 만나는 날이 생겨도 박사님은 제 눈을 제대로 보지 못하셨고요."

　"……."

　"저한테 미안해서 그러셨던 거, 다 알아요. 그리고 박사님을 원망할 일이 아니라는 것도."

　문 박사의 두 눈이 미세하게 흔들렸다. 묵묵히 눈을 깜빡이던 그녀가 이내 깊은 한숨을 터뜨렸다.

"그래. 널 위해 만든 탐미경이 결과적으로는 네 목을 옥죄게 되었다는 게…… 참 미안했어. 너희 아버지랑 대화해 본 적도 있지만, 너도 알 거야. 그분 고집을 꺾는 건 어려운 일이라는 걸. 차마 널 볼 면목이 없을 만큼 미안했다."

문 박사가 손끝을 꼼지락거리며 고개를 떨궜다. 해영은 문 박사의 정수리를 조용히 바라보았다. 알고는 있었지만, 당사자에게 직접 속마음을 듣는 것은 또 다른 기분이었다.

깜빡, 깜빡. 천천히 눈을 감았다 뜨던 해영이 질문을 던졌다.

"제게 정말 미안하다면, 한 번만 절 도와주실 수 있나요?"

"어떤 도움?"

문 박사에게 이야기해 줄 수 있는 것은 많지 않았다. 아무리 해영에게 부채감을 가졌다지만, 어쨌든 그녀도 탐미경 회사의 일원이고 아빠의 최측근이니까.

고민하던 해영이 숨을 크게 들이마셨다.

"자세히는 말씀드릴 수 없지만, 아빠 몰래 회사에 들어올 방법이 필요해요. 아빠뿐만 아니라 모두의 눈을 피해서요."

문 박사는 놀란 표정으로 해영의 양쪽 눈동자를 번갈아 바라봤다. 해영이 무슨 일을 벌이려는 건지 가늠하는 듯했다.

아빠한테 모두 얘기해 버리는 건 아니겠지? 그런 생각이 들자 겁이 났지만, 속내를 들킬 수는 없었다. 그래서 해영은 더더욱

꿋꿋하게 어깨를 폈다.

문 박사가 눈썹을 긁적였다.

"큰 도움을 주기는 어려울 것 같은데."

해영의 가슴이 실망감으로 물들어 갔다. 문 박사는 회의실 바깥을 한번 살피고 소곤소곤, 작은 목소리로 말을 이었다.

"하지만…… 보름 뒤에 회사 출입 시스템 점검일이 있을 거라는 얘기 정돈 해 줄 수 있겠구나. 그날은 출입문 인증 시스템을 대대적으로 점검하기 때문에 하루 동안 임시로 공용 출입 카드를 사용하지."

"……!"

"내가 말해 줄 수 있는 건 이것뿐이야. 어쨌든 나도 이 회사의 창립 멤버니까, 직접적인 도움을 줄 수는 없어."

"그거면 충분해요. 고마워요, 박사님."

문 박사도, 해영도 더 이상 서로에게 아무것도 묻지 않고 고개를 끄덕였다. 해영의 마음 한구석이 울렁거렸다.

조용한 복도를 따라 다시 CTO실로 돌아갔다. 문 박사보다 한 걸음 앞서 해영이 CTO실의 문을 벌컥 열자, 수림과 슬훈이 어딘지 어정쩡한 포즈로 서 있다가 재빨리 자세를 바로잡았다. 해영이 고개를 갸우뚱하기도 전이었다.

뒤따라 들어온 문 박사는 수상한 낌새를 알아차리지 못한 듯했다. 문 박사가 손뼉을 가볍게 짝, 치며 아이들의 주목을 이끌었다.

"자, 그럼 오늘의 만남은 여기서 끝! 이제 진짜 견학을 시작하렴. 지하로 내려가면 재밌는 게 더 많을 거야."

"네. 시간 내 주셔서 감사합니다."

세 아이는 허리를 꾸벅 숙여 인사를 남기고 나란히 CTO실을 나섰다. 그리고 지하로 가기 위해 엘리베이터에 몸을 실었다. 문이 닫히고 완전히 세 사람만 남았을 때, 해영이 조용히 입술을 움직였다.

"너희 뭐 했어? 엄청 수상해 보인 거 알아?"

"발소리 좀 내고 오지. 우리도 깜짝 놀랐어. 슬훈이가 문 박사님이 두고 간 콘솔을 살펴보고 있었거든."

슬훈은 좀 더 긴 설명을 덧붙였다.

"네. 방심하신 건지 뭔지, 관리자 콘솔을 열어 두고 가셨길래 재빨리 살펴봤어요. 구 버전이라서 최신 버전보다 방어벽은 약했지만, 테스트용으로 남아 있는 포트 번호랑 접근 경로가 노출되어 있더라고요."

"그게 무슨 말이야?"

해영이 눈썹을 들썩였다.

"탐미경 시스템의 정중앙을 해체해서 보는, 일종의 해부도 같은 걸 확인했다는 뜻이에요. 이걸 잘 이용하면 계획에 도움이 될지도 몰라요. 오늘 얻어 낸 정보를 어떻게 활용할 수 있을지 저도 고민해 볼게요."

슬훈이 말을 마치자마자 띵, 경쾌한 알림 음과 함께 엘리베이터 문이 열렸다. 세 사람은 들뜬 걸음으로 바깥에 나섰다.

돌아보지 말고, 앞으로

탐미경 본사 지하층의 벽면과 바닥은 전체적으로 메탈릭했다. 사방이 온통 차가운 회색으로 가득 찬 탓인지 묘하게 싸늘한 분위기가 감돌았다.

지하층을 지나치는 직원들은 표정이 모두 지루하고 무감해 보였다. 활기가 넘치던 1층과는 사뭇 다른 분위기에 수림도 괜스레 숨을 죽였다.

방문객 안내 화살표를 따라 걷는 동안 멀찍이에서 일정한 간격으로 기계음이 울려 퍼졌다. 분위기만으로도 압도되는 기분이었다. 여기저기 보안 카메라도 다른 층에 비해 많아서 이곳이 회사의 핵심 공간이라는 게 확실하게 느껴졌다.

화살표가 가리키는 첫 번째 장소는 자료실이었다. 표와 그림

자료로 가득한 자료실은 탐미경의 중심 가치와 개발 역사를 전
시한 공간이었다. 세 사람은 천장 구석에 붙은 CCTV를 의식하
며 벽에 붙은 설명서를 읽어 나갔다.

'모두에게 평등한 아름다움을!'이라는 카피 아래 탐미경의 중
심 가치에 대한 설명이 빼곡히 쓰여 있었다. 탐미경은 '타고나거
나 많은 돈을 쏟아부어야만 가질 수 있는 아름다움을 모두의 공
공재로 만들 수는 없을까?' 하는 의문에서 시작되어 외형적 아
름다움에 얽매여 있던 사람들에게 자유와 행복을 가져다주었다
고 이야기하고 있었다.

해영과 문 박사님이 들려준 개발 목적과는 조금 달랐다. 왜 굳
이 그 사실을 숨기지? 잠시 의문이 들었지만, 어림짐작이 갔다.
딸을 위해서라는 개인적인 목적보다는 대의에 가까운 목적이었
다고 포장하는 것이 마케팅에 더 효과적이었을 테니까.

그 옆으로 탐미경 개발 과정에서 겪은 수많은 실패와 도전이
연표 형식으로 나와 있었다. 수림은 그 압도적인 양에 혀를 내두
르며 천천히 연표를 읽어 나갔다. 대부분은 그다지 도움이 되지
않는 정보들이었지만, 그중 유독 눈에 띄는 이야기가 있었다.

"언니, 슬훈아. 이것 좀 봐봐."

"응?"

두 사람이 가까이 붙었다. 세 쌍의 눈동자가 수림이 가리킨 설
명문을 일제히 읽어 내려가기 시작했다.

탐미경 개발 초기에는 본사의 혁신적인 기술력을 이용해 사익을 채우고자 하는 시도가 수없이 발생했다. 당시 모 경쟁사에서는 탐미경의 핵심 기술을 빼돌리려 산업 스파이를 심기도 했는데, 이마저 실패하자 종내에는 기술 네트워크망을 뚫고 해킹을 시도했다. 다행히 본사의 시스템이 빠르게 해킹을 감지해 기술 유출을 막아 낼 수 있었다.

이로 인해 회사 내부에도 큰 변화의 바람이 일었다. 해킹 시도를 원천적으로 막아 내기 위해 다른 네트워크망과 연결되지 않은 아날로그 방식의 중앙 제어 시스템을 운영하게 된 것이다. 탐미경은 초기부터 그러한 견제와 역경을 이겨 내고 탄생한 기술의 정점이라고 할 수 있다.

"아날로그 방식의 중앙 제어 시스템?"

"뭘 말하는지 알겠어, 슬훈아?"

"어……. 글쎄요. 아마도 물리적인 기계 형태를 말하는 게 아닐까요? 아까 CTO실에서 봤던 것처럼 콘솔 형태의 기계로 프로그램을 관리하는 거죠. 기계 자체적으로 탐미경 시스템을 유지 및 보수한다면 누군가가 잠입해서 기계를 때려 부수거나, 회사 건물을 폭파시키거나, 기계에 직접 해킹 시스템을 심지 않는 한은 고장 내기가 어렵잖아요."

"……그걸 우리가 해야 한다는 거지, 지금?"

세 사람 사이에 침묵이 감돌았다. 그러다 누가 먼저랄 것 없이 눈동자가 서로에게 향했다. 푸핫, 상황에 맞지 않는 헛웃음이 터져 나왔다.

이 오합지졸 군단이 대체 어디까지 가는 거지? 그렇게 웃음을 털어 내자 이상하게 마음이 가벼워졌다. 수림과 해영이 동시에 입을 열었다. 미리 짠 듯이 토씨 하나 틀리지 않았다.

"해 보지, 뭐."

간 큰 누군가가 직접 잠입해 회사를 망치려 들지 않는 한 안전이 보장된 중앙 제어 시스템. 해영의 아빠는 이 시스템을 구축할 당시엔 꿈에도 생각하지 못했을 것이다. 감히 그 커다란 데이터 센터에 침입할 계획을 세우고 있는 '간 큰 누군가'가 자신의 딸일 거라고는.

전시관을 빠져나와 다시 방문객 화살표를 따라 이동했다. 이번엔 회색 철문이 나타났다. 조심스레 손잡이를 돌려 문을 밀자 끼익, 긁히는 소리가 귀를 파고들었다. 문 안쪽은 높은 계단 중간의 계단참과 이어져 있었는데, 위아래로 향하는 계단이 모두 안전 차단봉으로 가로막혀 있었다. 방문객들이 널찍한 계단참에 서서 계단 아래의 커다란 지하 공간을 내려다보며 구경할 수 있도록 마련한 곳인 듯했다.

난간 가까이 다가가자 그 아래로 복잡한 기계들이 늘어선 모습이 한눈에 들어왔다. 키를 훌쩍 뛰어넘을 만큼 거대하고 시커먼 기계에서 파란 불빛이 뿜어져 나왔다. 어쩐지 유독 싸늘하다 싶더라니 기계 과열을 방지하기 위해 온도를 낮게 설정해 둔 듯했다.

"기술 유출을 막기 위해 아날로그 중앙 제어 시스템을 구축했다고 하니까, 아마 저 데이터 센터는 유출이 되어도 큰 타격이 없는 데이터를 관리할 거예요. 탐미경 시스템의 핵심을 관리하는 기계는 아마 외부인에게는 보이지 않는 곳에 있겠죠."

슬훈이 낮은 목소리로 이야기했다. 수림과 해영이 작게 고개를 끄덕이며 수긍하는 동안, 슬훈은 CCTV를 등지고 서서 자신의 홀로그램 패드를 켜 미리 그려 두었던 구조도를 작은 크기로 띄웠다. 흐릿한 그림과 지하 공간을 번갈아 비교하던 슬훈이 문득 어딘가를 뚫어져라 바라보더니 손을 들었다.

"수림아, 저기 저 회색 문 보여?"

"응. 왜?"

"층별 안내도에는 저곳에 아무런 표시도 되어 있지 않아."

수림과 해영의 시선이 슬훈의 손가락 끝을 따라갔다. 그 끝에 정말로 굳건해 보이는 회색 철문이 하나 있었다. 슬훈이 슬쩍 내밀어 보여 준 패드의 그림을 계단 아래 구조와 유심히 비교해 보았다.

"누가 왔어."

해영의 속삭임에 세 사람은 다른 기계를 구경하는 척 슬그머니 고개를 돌렸다. 하지만 시선은 여전히 회색 철문 쪽을 향한 채였다.

설비 관리직으로 보이는 직원이 어디선가 불쑥 튀어나와 수상한 회색 철문으로 접근하며 주위를 두리번거렸다. 다행히도 그는 높은 계단 위에 있는 아이들을 발견하지 못하고 문손잡이 위에 붙은 인증 패드에 보안 카드를 가져다 댔다. 곧 치익, 하는 소리와 함께 문이 한쪽으로 열렸다.

이로써 확신이 섰다. 저곳이 바로 보안 구역이었다.

"요새도 카드로 출입하는 곳이 있다니."

"하도 외부 공격을 당해서 트라우마 생겼나 본데."

직원이 들어간 후 다시 굳게 닫힌 문은 열릴 기미가 보이지 않았다. 누구도 함부로 입을 열지 못하고 가만히 그곳을 응시했다. 저 안에 우리가 찾는 게 있다. 수림이 차분히 입을 열었다.

"맞는 것 같지?"

"그래. 우리가 최종적으로 가야 하는 곳."

고개를 끄덕인 해영의 표정이 비장했다. 수림은 아래를 내려다보며 철문으로 침입하는 세 사람의 모습을 그려 보았다. 아무리 애를 써도 상상이 되지 않았다. 성공할 수 있을까? 마음속에 걱정과 불안이 일렁였다.

1층으로 복귀하는 동안 세 사람은 한마디 말도 주고받지 않았다. 서로의 머릿속에 있는 생각이 걱정일지, 불안일지, 단단한 각오일지도 묻지 않았다. 자신의 감정은 자신이 책임져야 하는 것이니까. 우리의 목표는 앞을 향해 가는 것뿐이니까.

회사를 나선 직후, 해영은 수림과 슬훈을 불러 세웠다. 그러곤 주변을 두리번거리더니 사람들이 오가지 않는 으슥한 화단으로 향했다. 수림과 슬훈도 숨죽여 해영의 뒤를 쫓았다. 커다란 나무 뒤에 쪼그려 앉은 해영이 메고 있던 크로스백을 뒤적이더니 조심스레 무언가를 꺼냈다. 바로 앤티였다.

"잘할 수 있지?"

화단에 앤티를 내려놓으며 해영이 물었다. 앤티는 뭘 그런 걸 묻느냐는 듯이 폴짝 뛰어올랐다. 곧 앤티가 회사 정문 쪽을 향해 조그만 몸으로 뿔뿔 달려가기 시작했다. 워낙 작아 눈에 잘 띄지 않는 몸이 나뭇잎에 걸려 휘청거렸다.

"……뭔진 모르겠지만 믿어도 되는 거지?"

"저래 봬도 꽤 똘똘해. 걱정하지 마. 이제 돌아가자."

해영이 가뿐하게 대답했지만 수림은 영 미심쩍은 마음이 사라지지 않았다. 괜찮을까? 조그마한 앤티는 금세 보이지 않았다. 앤티에게 무슨 일을 시켰는지는 모르겠지만, 어쨌든 잠입 하나는 특화되어 있으니 믿어 보기로 했다.

또 다른 문제

세상이 온통 고요로 물든 깊은 새벽이었다. 쥐 죽은 듯 침대에 누워 사방에 짙은 어둠이 깔리기를 기다리던 해영의 눈꺼풀이 스르르 열렸다.

해영이 이불 바스락거리는 소리조차 들리지 않도록 천천히 침대 밑에 발을 디뎠다. 커튼 사이로 비치는 짙푸른 새벽빛을 바라보았다. 다시 걸음을 옮겨 이번에는 방문 틈에 귀를 기울였다. 바깥에서는 아무런 소리도 들려오지 않았다. 느릿느릿 손을 움직여 문손잡이를 돌렸다.

발바닥이 마룻바닥을 디디는 소리를 없애기 위해 폭신한 실내화를 갖춰 신고 복도를 걸었다. 목적지는 아버지가 절대 들어가지 말라고 신신당부해서 거들떠보지도 않았던 서재였다. 서재 앞에 서자 바로 옆에 있는 아버지의 침실에서 드르렁 코 고는 소리가 들려왔다. 해영은 조용히 서재로 들어섰다.

어두운 나무로 짜인 책장이 바닥부터 천장까지 꼭 맞는 크기로 한쪽 벽을 메우고 있었다. 해영은 침을 꼴깍 삼키며 방 한가운데 놓인 커다란 책상 위에 가져온 물건을 조심히 내려 두었다. 슬훈이 골동품 가게에서 구해 온 카드 복제기와 빈 카드였다. 카드 키는 거의 절멸하다시피 해서 이런 카드 복제기를 구하는 것도 어려운데, 골동품 상점을 뒤지느라 고생을 꽤 했을 것이다.

이제 해영은 아버지의 보안 카드를 찾아야 했다. 아버지가 집에서 회사 일을 하는 날이면 서재에 몇 시간이고 틀어박혀 있으니, 아마 서재 어딘가에 회사에 관한 물건이 있을 것이었다.

문 바깥에 잠시 귀를 기울이며 기척을 확인하던 해영이 책상 서랍을 뒤지기 시작했다. 다섯 개나 되는 서랍에는 그 숫자와 크기가 무색하게 물건이 거의 없었다.

그다음에는 벽을 가득 메운 책장을 살폈다. 수상해 보이는 책을 뽑아 보기도 하고, 의자를 딛고 올라서서 높은 쪽 책장의 빈 공간을 둘러보기도 했다. 그런데 보안 카드는커녕 회사에 관련된 물건이라곤 종이 쪼가리도 나오지 않았다.

해영이 긴장감에 입술을 꼭 깨물며 다시 아버지의 책상을 샅샅이 뒤졌다. 잠귀 밝은 아버지가 언제 잠에서 깨어 기척을 느끼고 서재에 올지 몰라 마음이 조마조마했다.

"미치겠네, 대체 어디에 있는 거야."

책장 반대쪽은 별거 없어 보이는 장식장뿐이었다. 하지만 단 하나의 가능성이라도 놓칠 수는 없었다. 해영이 책상의 물건들을 처음처럼 가지런하게 정리해 두고 장식장을 향해 몸을 돌렸다.

마음이 급해 발아래를 제대로 확인하지 않았더니 툭, 뭔가에 발이 걸려 몸이 휘청 기울었다. 해영은 잽싸게 책상을 붙잡으며 바닥으로 고꾸라질 뻔한 몸을 겨우 지탱했다. 오직 구름 흘러가는 소리만 들리는 이 새벽에 바닥을 뒹굴었더라면 아버지가 분명 깨어났을 것이다.

위험천만한 순간을 넘겼지만 심장은 입 밖으로 튀어나올 것처럼 벌렁거렸다. 짜증이 치솟아 발이 걸린 곳을 휙 돌아보니 서재 바닥에 깔린 카펫 한쪽이 밀려나 뒤집혀 있었다. 그런데 그 아래로 반듯한 균열 같은 것이 보였다.

해영은 내가 어두워서 잘못 보고 있는 건가, 자신의 눈을 의심했다. 설마 하며 카펫을 조금 더 들춰 보았다. 나무 마룻바닥에 작은 손잡이 하나가 옴폭 들어가 있었다. 균열이라 생각했던 것은 바닥에 숨겨진 수납공간의 틈새였다.

생각지 못한 발견에 마른침이 꼴깍 넘어갔다. 애써 숨을 차분하게 내쉰 해영이 바닥의 손잡이를 끌어올렸다. 그곳에 그토록 열심히 찾던 회사 로고가 박힌 서류들과 보안 카드가 들어 있었다. 해영이 숨죽여 쾌재를 불렀다.

가장 먼저 보안 카드를 집어 들어 확인해 보았다. 회색 카드 가운데에 탐미경 로고가 선명했다. 조심조심 몸을 일으켜 카드 복제기에 가져다 대고 스캔한 다음, 빈 카드에 정보를 덮어씌웠다.

좀 더 가뿐해진 마음으로 다시 바닥 수납공간을 열어 서류를 집어 들었다. 종이를 쥐자 펄럭 소리가 나서 몸이 굳었다. 방문을 돌아보며 아버지의 코골이 소리가 여전한 것을 확인하고서야 서류를 차근차근 읽어 내려갔다.

한 줄, 두 줄…….

눈이 아래로 향할수록 해영의 표정이 조금씩 굳어 갔다.

*

잠시 그룹 대화방에 침묵이 찾아왔다. 해영의 말이 맞았다. 좀 더 철저히 계획을 세우려면 두 번째 문의 존재를 눈으로 확인하는 게 좋았다. 그런데 누가?

긴 침묵을 깬 것은 수림이었다.

해영은 대표의 딸로 제 몫을 톡톡히 하고 있었고, 슬훈은 프로그램을 만질 줄 아니 큰 전력이었다. 하지만 수림 자신은 별다른 역할을 하고 있지 않았다. 호기롭게 해영 언니를 도와주겠다고 나섰는데, 특별히 잘난 데도 모난 데도 없는 평범한 학생이어서 아무것도 할 게 없었다. 그게 은근히 신경 쓰이던 참이었다.

그나마 자신 있는 것을 꼽자면 빠른 눈치, 사람들의 호감을 얻을 수 있는 친절한 태도뿐이었다. 그러니 이번 일은 자신이 적임자였다. 혹시 예상치 못한 상황이 벌어져도 순하고 무해한 학생으로 보일 수 있겠지. 수림은 즉시 다음 날 견학 프로그램을 신청했다.

*

탐미경 본사는 두 번째 방문이어도 어렵고 무섭게만 느껴졌다. 내심 다른 꿍꿍이를 가지고 있다는 것 때문에 도둑이 제 발 저려 더욱 분위기에 짓눌리는지도 몰랐다. 수림은 애써 어깨를 당당하게 펴며 처음으로 견학을 온 학생처럼 눈을 동그랗게 뜨고 정문으로 진입했다.

곧장 지하로 향하고 싶었지만, 혹시 누군가가 수상하게 볼지도 모른다는 염려에 우선 1층을 구경하는 척 돌아다녔다. 괜히 화장실도 들러서 손을 씻고 심호흡을 한 다음 방문객용 엘리베이터에 몸을 실었다.

지하층은 여전히 차갑고 서늘한 분위기였다. 저번 방문 때와 다르지 않은데도 이번에는 힘이 되어 주는 동행이 없어서인지 꼴 딱꼴딱 침이 넘어갔다. 호기롭게 자원했지만, 사실은 무서웠다.

내 감정을 감추고, 착한 아이처럼. 수림이 언제나 해 왔던 일이다. 그렇게 생각하니 조금이나마 마음이 차분해지는 것 같았다. 정말 이 회사가 궁금해서 온 아이처럼 작게 감탄하며 전시관까지 한번 둘러본 후에야 드디어 목적지에 다다랐다.

높은 계단 아래 공간에는 보기만 해도 싸늘하고 차가워 보이는 검은 기계들이 늘어서 있었다. 오늘도 여전히 아래로 향하는 계단에 방문객들의 출입을 막는 차단봉이 있었다. 수림은 꼴깍 침을 삼키고 주변에 사람이 아무도 없는 걸 확인한 다음 계단을 막은 차단봉을 조심스레 넘어갔다.

커다란 기계에 몸을 숨기며 조금씩 앞을 향해 나아갔다. 요리조리 미로 같은 길을 헤치고 나아간 끝에 회색 철문이 눈에 보이는 곳까지 다다랐다.

기계 뒤에 숨어 잠시 주변을 살피는데 직원 한 명이 회색 문을 향해 뚜벅뚜벅 걸어가는 것이 보였다. 그 직원이 문고리 위에 보안 키를 가져다 대자 자동으로 문이 열렸다. 그 안, 몇 발자국 앞에 또 다른 문이 있었다. 수림은 고개를 빼 천천히 닫혀 가는 문 틈새로 직원이 두 번째 문에 정맥을 인식시키는 모습을 확인했다.

오케이, 확인 끝. 수림이 안도의 숨을 내쉬었다. 우선은 이곳을 빠르게 빠져나가는 것이 급선무였다. 다급한 마음으로 후다닥 몸을 돌려 코너를 돌았을 때, 하필이면 이쪽으로 오던 직원과 딱 마주치고 말았다.

"너 누구니?"

젊은 남자 직원은 굳은 표정으로 수림을 쳐다봤다. 수림이 기겁했지만, 표정에 긴장을 드러내지 않으려 애썼다. 등에 식은땀이 삐질 흐르는 걸 느끼면서도 아무렇지 않게 견학증을 내보이며 밝게 대답했다.

"안녕하세요, 견학 중이에요. 여기 견학증도 있어요."

"견학? 이곳은 방문객들이 출입할 수 없는 곳이야."

"정말요? 아, 어쩐지 뭔가 이상하더라. 아무래도 잘못 들어온 것 같아서 나가는 길을 찾고 있었어요. 그런데 뭐가 이렇게 복잡한지 도저히 길을 못 찾겠더라고요. 완전히 미로가 따로 없네요."

눈썹을 팔자로 축 늘어뜨리고 정말 속상하다는 듯이 말하자 직원의 표정이 미세하게 누그러졌다. 평범한 중학생으로 보이는 여자아이에게 다른 속내가 있을 거라고는 상상도 하지 못하는 듯했다. 그는 다정한 투로 말했다.

"그랬니? 여기가 좀 복잡하긴 하지. 자, 저쪽으로 나가면 1층

으로 통하는 비상계단이 있어. 가는 길에 기계들을 건드리지 않
도록 조심하고."

"아, 알려 주셔서 감사합니다! 그럼 안녕히 계세요."

수림이 허리까지 푹 숙이며 인사를 건네고 생글생글 웃는 낯
으로 걸음을 재촉했다. 출구로 향하는 수림의 심장이 금방이라
도 터질 듯 쿵쾅쿵쾅 뛰고 있었다. 뒤에서 본 자신의 모습이 도
망치는 모습처럼 보이지 않도록 최선을 다해 태연함을 유지했
다. 침착해, 침착해. 머릿속으로 계속해서 되뇌었다.

그리고 잊어서는 안 되는 두 번째 보안 장치의 정체에 관해
서도.

우린 테러리스트가 아니야, 혁명가지

해영의 집은 여름의 열기가 한 톨도 느껴지지 않을 만큼 시원했다. 더위를 헤치고 오느라 양 볼이 발갛게 물든 수림이 뜨거운 숨을 내뱉었다. 손등으로 볼을 꾹 눌러 열기를 잠재우다가 해영이 내어 준 차가운 얼음물을 벌컥벌컥 단숨에 마셨다.

해영과 슬훈은 수림의 곁에 앉아 긴장된 눈으로 수림의 입술을 바라봤다. 바로 어제 탐미경 회사에 홀로 들어가 보안 구역 두 번째 문을 확인하고 온 수림이 어렵사리 입을 뗐다.

"두 번째 보안 장치는 정맥 인식 시스템이었어."

"정맥 인식이라고?"

슬훈이 커다란 목소리로 되물었다. 정맥 인식 시스템은 오래전부터 쓰여 온 보안 장치인 만큼 쉽게 위조할 수 없었다. 뜻밖의 위기에 슬훈은 관자놀이를 꾹꾹 마사지했고, 해영도 손바닥에 얼굴을 파묻었다. 눈앞이 막막했다.

"서류에 따르면 보안 구역의 출입 통제는 관제실 권한에 포함돼 있다고 해. 하지만 조금 더 까다로운 방법이 필요할 가능성이 커. 우리가 관제실 권한을 얻을 수 있을지도 확실하진 않고. 그러니 정맥 인식을 무력화할 방법을 찾아 두는 게 좋을 것 같긴한데……."

잠시 고민하던 해영이 조금 피로가 묻어나는 목소리로 말했다.

"아빠 몰래 손바닥 스캔을 하는 것까진 어떻게 해 볼 수 있을 것 같아."

"아냐, 언니. 그러다 걸리면 끝장이야. 일이 너무 커진다."

수림의 브레이크에 또 무거운 침묵이 이어졌다. 수림의 말이 옳았다. 아버지의 서재에 들어가는 것 정도야 읽을 책이 있는지 궁금했다 따위의 변명으로 어떻게든 넘어갈 수 있다. 하지만 손바닥 스캔은 들켰을 때 변명의 여지가 없었다.

셋 중 누군가에게서 깊은 한숨이 터져 나왔다. 어쩌면 세 사람 모두에게서 내뱉어진 한숨인지도 몰랐다.

보안 구역으로 진입할 수 없다면 세상의 모든 탐미경을 종료시키는 시도조차 불가능하다. 어느 고전 외국 영화처럼 탈취한 차를 타고 앞만 보며 질주했는데 한순간 눈앞에 까마득한 절벽이 펼쳐진 기분이었다. 방법은 차를 돌려 우리를 쫓고 있는 경찰에게 항복하거나 절벽을 향해 운전대를 붙잡고 뛰어드는 것뿐.

나아갈 것인가, 멈출 것인가. 세 사람이 각자의 생각에 잠겼다. 어느 순간 해영이 까랑까랑하게 높은 목소리로 손뼉을 짝 치며 주의를 불러 모았다.

"잠깐, 우리 이러지 말고 일단 차근차근 작전을 다시 정리해보자. 나도 얘기할 게 있어. 앤티가 중요한 정보를 가져왔거든."

견학 날, 회사 화단에 몰래 풀어놓고 왔던 앤티는 해영의 지시를 받아 나름대로 중요한 임무를 수행하고 왔다. 바로 퇴근 시간 이후 당직 경비 직원의 근무 패턴을 파악하는 일이었다.

탐미경은 '저녁이 있는 삶'을 모토로 하며 외부에 노출되는 복지에도 굉장히 신경을 쓰는 회사였다. 그래서 대부분의 직원은 모두 오후 5시가 되면 퇴근을 했고, 야근을 하는 일도 거의 없었다.

즉, 퇴근 시간이 지나면 회사가 텅 비었다. 물론 회사 내부에 구축한 데이터 센터와 보안 구역 때문에 매일 돌아가며 회사를 순찰하는 당직 경비 직원이 있긴 하지만, 사람들이 모두 퇴근하고 난 뒤에는 한두 시간만 꼼꼼히 순찰한 이후 야간 직원과 로테이션을 하면서 경비가 한 명으로 줄어들었다.

혼자 남은 당직 경비 직원은 저녁 8시쯤부터 한 시간 텀을 두고 순찰을 돈다. 가장 먼저 회사 내부를 살핀 뒤 정문을 나와 동문을 거쳐 서문으로 향하는 패턴이었다.

겨우 손가락 한 마디만 한 앤티는 이러한 정보를 전달하기 위해 해영이 특별히 만들어 준 몽당연필로 흰 종이 위에 삐뚤빼뚤 상형 문자처럼 그림을 그렸다. 그림을 해독하느라 세 사람이 모두 고생을 좀 했다.

앤티가 가져온 정보를 완벽히 해석한 후, 해영이 종이에 또 무언가를 한참 끼적였다. 남은 두 사람은 해영을 방해하지 않으려 각자 자신의 일에 몰두했다. 수림은 뭔가 좋은 아이디어가 없을지 머리를 굴리고 또 굴렸고, 슬훈은 인상을 찌푸린 채 패드를 들여다보며 무언가를 계속해서 두드리고 있었다.

도저히 감이 잡히지 않았다. 수림이 고개를 뒤로 젖히며 흘끔 슬훈을 바라보았다. 복잡해 보이는 문자의 나열이 패드 화면을 빼곡히 메우고 있었다.

"뭐 해?"

"아, 아니야. 해킹 프로그램을 만들어 보고 있었어. CTO실에서 탐미경 시스템의 구조도 확인했겠다, 이미 시스템 체계를 알고 있으니까 탐미경을 공략할 만한 해킹 프로그램을 만들 수 있을 것 같았거든. 근데 내가 뭘 깊게 배운 수준도 아니라서……. 만들어진 코드를 분석하는 거랑은 차원이 다르게 어렵네. 아무래도 내가 만든 프로그램을 활용하는 건 어렵겠어. 아쉽다, 좀 더 많이 배워 둘걸."

슬훈은 그렇게 말하면서도 미련을 버리지 못한 얼굴로 계속

해서 패드를 두드렸다. 어떻게든 해 보고 싶어 하는 눈치가 역력했다.

그때 테이블 위에 놓인 물체 하나가 눈에 들어왔다. 작고 각진 네모 모양 몸체에 조금 더 작은 은색 네모가 달려 있는 물건이었다. 이건 어디에 쓰는 걸까? 궁금증을 참지 못한 수림이 슬쩍 슬훈의 눈치를 살피며 조심스레 물었다.

"하나만 더 물어봐도 돼? 이건 뭐야?"

"응? 아아, 저번에 카드 복제기 구하러 골동품 상점에 갔을 때 구한 거야. USB라고 하는데, 아주 옛날에 썼던 메모리 장치래."

"메모리 장치?"

"응. 데이터 자료를 이 안에 보관하는 거야. 골동품 상점에서 이걸 본 순간, 탐미경의 중앙 제어 시스템이 아날로그 기계 형태라는 말이 떠올라서 구해 왔지. 근데……. 마음처럼 쉽지 않네. 기껏 메모리 장치까지 구했는데 활용하기는 어려울 것 같아."

"그렇구나."

수림은 아기자기하게만 보이는 USB를 물끄러미 내려다봤다. 하지만 흥미는 거기까지였다. 더 이상 슬훈에게 말을 걸면 방해가 될 것 같아, 수림도 다시 뻐근해진 목을 늘리며 머리를 굴렸다.

해영이 종이를 탁자 위에 내려놓은 것은 그로부터도 한참의 시간이 지난 후였다. 해영이 입을 열었다.

“얘들아, 들어 봐. 내가 정리한 계획은 이래. 문 박사님이 회사 출입 시스템 점검일을 알려 줬었거든. 우리는 그날 당직 경비가 순찰을 시작하는 저녁 8시에 회사로 몰래 들어갈 거야. 우선은 회사로 잠입해서 경비를 따돌릴 생각인데, 자세한 건 이따 얘기해 줄게. 그것보다 더 중요한 게 있거든. 생각해 봤는데 우리 셋이 모두 함께 중앙 제어 시스템이 있는 보안 구역으로 접근할 필요는 없을 것 같아.”

“그럼?”

“나만 보안 구역으로 갈게. 너희는 내가 경비를 따돌린 후에 관제실로 가. 가서 관제실 권한을 얻고, 내가 보안 구역에 접근하는 걸 도와줘. CCTV로 망도 봐 주고.”

“언니 혼자서 보안 구역에 가겠다고?”

“그 말은…… 기계를 정지시키는 일도 누나 혼자 하겠다는 뜻이에요?”

테이블 아래와 발치 사이 그 어딘가를 가만히 바라보는 해영의 눈동자가 희미하게 떨렸다. 옅은 갈등과 고민, 두려움 속에서 방황하는 얼굴이었다. 하지만 짧은 침묵 끝에 들려온 목소리는 언제나처럼 분명하고 단단했다.

“그래. 우르르 몰려다니는 것보다 혼자 재빨리 다녀오는 게 낫지 않겠어? 그리고 우리 셋 중에서 한 명이 그 일을 해야 한다면 그건 반드시 내 몫이고.”

"누나 혼자서 남아 있던 직원을 마주치거나 문제가 생기면 어떡해요."

"그러니까 부탁하는 거야. 정문, 동문, 서문과 보안 구역, 경비 직원을 따돌린 이후의 동향을 모두 실시간으로 파악하면서 내게 알려 줘. 그리고 아까 말했듯, 관제실에서도 보안 구역의 두 번째 문을 열 수 있을지 확실하지 않아. 만약 불가능하다면 그걸 해결할 방법도 찾아 줘야 해. 한 사람이 해낼 수 있는 일이 아닐 것 같아서 너희 둘에게 부탁하는 거야. 눈치랑 상황 파악이 빠르고 임기응변이 좋은 수림이 너랑, 프로그램을 만질 줄 아는 슬훈이 너도."

모두 납득이 가는 이유였다. 수림과 슬훈이 시선을 교환했다. 납득이 가는 것과는 별개로 여전히 걱정되는 것도 사실이어서, 쉽게 고개를 끄덕이기가 어려웠다.

결국 슬훈이 먼저 해영의 제안을 받아들였다.

"알겠어요, 누나. 한번 해 볼게요."

"좋아. 너희가 망을 봐 주는 사이 안으로 들어가서 중앙 제어 시스템 기계의 회선을 끊는 것까지만 성공하면 돼."

수림도 마침내 고개를 끄덕였다. 작전은 준비되었다. 설령 완벽한 준비는 아니더라도 물러날 길은 없었다. 해영 역시 울컥 차오르는 불안을 달래기라도 하듯 더 단호하게 중얼거렸다.

"가 보자. 겁먹고 망설여 봤자 바뀌는 건 없어. 부딪치면 길이 생길 거야."

"응. 어떻게든 되겠지, 뭐."

이제 모든 준비는 끝났다. 남은 건 앞으로 나아갈 용기를 갖는 것, 그리고 우리를 지켜 줄 작은 행운들을 기다리는 것뿐이었다.

*

영영 뜨겁게 불타오를 것만 같았던 여름의 열기가 며칠 새 조금씩 누그러들었다. 계획을 조금 더 보완하기 위해 두었던 여유 시간도 빠르게 흘러갔다. 오지 않을 것만 같던, 꿈결 속의 막연한 미래처럼 느껴지던 '작전 수행의 날'도 어느덧 성큼 다가왔다. 아직도 수림은 자신과 슬훈, 해영이 영화 속 스파이처럼 몰래 커다란 회사에 잠입해 어떤 작전을 수행해야 한다는 실감이 나지 않았다.

그래서일까, 가방에 몇 안 되는 짐을 챙기는 동안에도 꽤 담담한 기분이었다. 해영과 만나기로 한 시간을 다시 확인하며 어두운 색의 옷을 갖춰 입었다. 전신 거울 속 자신의 얼굴을 빤히 들여다보던 수림이 가방을 고쳐 멨다. 이런 날이 되어서도 탐미경을 종료하고 맨얼굴로 바깥에 나갈 자신은 생기지 않았다.

거실로 나서자 엄마가 실내 테라스 한편의 작은 정원에서 화초들을 가꾸고 있었다. 인공 햇빛을 받은 엄마의 화초들이 푸릇

푸릇하게 정원을 메우고 있었다. 수림은 테라스 문 앞에 서서 가벼운 인사를 남겼다.

"엄마, 나 잠깐 나갔다 올게."

"그래. 시간이 늦었는데 친구 만나러 가니?"

"응."

건성건성 대답하며 현관으로 향하려던 수림이 문득 걸음을 멈췄다.

만일 오늘의 작전이 성공한다면, 엄마는 어떻게 될까? 생각지도 못한 타이밍에 탐미경이 종료되어 맨얼굴을 드러내게 될 엄마를 생각하니 갑자기 목구멍 안쪽이 콱 막히는 기분이었다. 수림의 머릿속에 복잡한 생각이 잇따라 꼬리를 물었다.

엄마에게도 외모 콤플렉스가 있다고 했지. 그래서 탐미경이 발명되고, 안정성이 확인되자마자 어린 내게 나노 칩을 심어 줬다고 했으니까. 내가 만약 탐미경을 끄는 데 성공하면 엄마는 어떻게 생각할까? 상처를 받을까? 엄마는 날 위해 탐미경을 사용하게 해 줬는데, 나는 이걸 모두 망치러 가는 거니까.

수림의 마음이 무겁게 가라앉았다. 이 마음을 해결하지 못한다면 해영을 만나서도 계속 머릿속이 복잡할 것 같았다. 수림은 숨을 크게 들이쉬고 다시 뒤로 몇 발자국을 돌아가 테라스 앞에 섰다. 엄마는 여전히 화초의 잎을 정성스레 닦고 있었다.

"엄마. 나 물어보고 싶은 게 있는데."

"뭔데?"

"만약에 내가…… 탐미경을 쓰지 않는다면 어떨 것 같아?"

화초에 시선을 고정하고 있던 엄마가 손을 멈췄다. 서서히 고개를 돌린 엄마의 눈이 수림의 눈동자를 향했다. 또 그 눈이었다. 탐미경 너머 어딘가를 하염없이 바라보는 듯한 시선. 엄마는 곧 푸후, 작은 웃음을 터뜨리며 가벼운 대답을 돌려주었다.

"엄마는 내 딸이라면 다 좋지."

"그럼, 만약에, 아주 만약에. 내가 탐미경이 싫어서 이걸 전부 망가뜨린다면? 그래서 예쁘지 않은 내 얼굴로 살아간다면 어떨 것 같아?"

"……왜 갑자기 그런 게 궁금해졌는지는 모르겠지만, 그 얘길 들으니까 생각나는 게 있네."

엄마는 잠시 뜸을 들이더니 화초를 닦던 부드러운 천을 손에 쥐고 테라스 밖으로 나섰다. 수림도 엄마의 뒤를 졸졸 쫓아 걸음을 옮겼다. 거실 한편의 작은 소파에 걸터앉은 엄마가 천천히 말했다.

"엄마 어릴 때 외모 콤플렉스가 있었다고 한 거 기억나? 탐미경이 발명되고 나서는 외모 걱정을 해 본 적은 한 번도 없었지. 내 못난 얼굴은 예쁜 외모로 가리고, 탐미경으로 만든 얼굴이 진짜 나인 것처럼 살 수 있게 되었으니까."

여기까지는 수림도 익히 들어 알고 있는 이야기였다. 또 한 번 수림과 눈을 맞춘 엄마가 어렵사리 입을 열었다.

"그런데 수림아, 엄마는 너를 낳고 키우면서 조금씩 그런 생각이 들었어. 탐미경으로 콤플렉스를 가린다고 해서 본질이 사라지는 건 아니라는 생각. 내가 정말 나 자신을 사랑하려면 그 콤플렉스마저 내 모습이라는 걸 인정하고 받아들일 수 있어야 하는데, 이건 그냥 내 진짜 모습을 거부하는 것뿐이잖니."

수림이 숨을 집어삼켰다. 외모 콤플렉스 때문에 어린 딸에게 나노 칩을 심어 준 엄마만큼은 절대로 이해하지 못할 거라고 믿었던 생각. 수림이 가진 작은 의문과 회의감을, 엄마 역시 전부 품고 있었다.

엄마가 슬며시 시선을 떨구었다. 중년의 나이에도 주름 하나 보이지 않는 팽팽한 눈가가 애처롭게 일그러졌다. 수림은 그 부자연스러운 젊음 속에서 희미하게 묻어나는 엄마의 세월을 발견했다.

"그래서 항상 네게 미안했어. 수림아, 엄마는…… 유행하는 색깔의 눈동자를 한 너와 시선을 맞추기보다 엄마 품에 처음 안겨 마주했던 너의 그 까만 눈동자를 다시 볼 수 있길 계속 바라 왔어."

한 번도 들은 적 없던 속마음이었다. 수림은 한 글자 한 글자 꼭꼭 전해지는 엄마의 진심에 코끝이 찡해져 입술을 깨물었다. 그동안 엄마와 눈을 맞출 때 느꼈던 묘한 이질감이 어디에서 비롯된 것인지 오늘에서야 깨달았다. 엄마의 눈은 가면 속 어딘가에 존재하는 진짜 딸을 찾으려 가짜 눈동자 너머를 그토록 헤집고 다녔던 것이었다.

수림이 뜨거운 감정을 목구멍 속으로 꾹 눌러 삼켰다. 그리고 흔들리지 않는 단단한 시선으로 엄마를 마주했다. 자신이 해영의 눈빛에서 탐미경으로는 가릴 수 없는 확고한 신념을 알아챘던 것처럼, 엄마도 '진짜 수림'을 알아차려 주길 바랐다.

"고마워, 엄마. 나는 내가 할 수 있는 일을 할게. 진짜 나를 찾는 일."

무겁게 가라앉았던 마음의 틈새로 따스한 온기가 스며들었다. 내가 하고자 하는 일이 틀리지 않았다는 믿음과 용기의 온도였다.

적진에서의 숨바꼭질

까맣게 어둠이 내려앉은 도시 속 우뚝 선 탐미경 본사 앞에 세인영이 섰다. 한낮의 해가 떠 있을 때만 와 본 탓일까, 가뜩이나 시커먼 건물이 사방의 어둠에 잠겨 있어 꼭 판타지 영화 속 마왕의 성이 연상됐다. 세 사람은 회사 정문에서 조금 떨어진 가로수 화단 뒤에 몸을 숨기고 근처의 동향을 살폈다. 숨소리조차 들리지 않는 긴장감이 감돌았다.

얼마나 기다렸을까, 굳게 닫힌 정문에서 경비복을 입은 남자가 모습을 드러냈다. 그의 손에 들린 손전등이 걸음에 맞추어 흔들흔들 위아래로 흔들렸다. 정문 근처를 이리저리 비추며 살피던 경비 아저씨가 아무런 이상을 발견하지 못한 듯 천천히 동문 쪽으로 걸음을 옮겼다. 손전등 불빛도 조금씩 정문에서 멀어져

졌다.

앤티의 사전 조사대로라면 당직 경비만이 혼자 남아 있을 시간이었다. 회사의 유일한 당직 경비인 저 남자가 순찰을 도는 동안은 건물이 텅 비어 있다는 뜻이다. 아이들은 빠르게 시선을 교환하고 계획대로 정문을 향해 달려갔다. 경비가 동문을 지나 건물 뒤쪽을 훑고 서문을 거쳐 다시 정문까지 오기 전에 어서 회사에 잠입해 몸을 숨겨야만 했다.

숨이 턱 끝까지 차오르도록 달려온 아이들이 미리 복제해 온 카드 키를 꺼내 정문 출입구에 가져다 대자 스르르 문이 열렸다. 문 박사님이 얘기해 준 대로 카드 키 하나만 가지고도 손쉽게 내부로 들어갈 수 있었다.

건물 안쪽은 불이 모두 꺼져 어두컴컴했지만 여유를 부릴 틈 따위는 없었다. 해영을 선두로 정문에 들어서서 미리 외워 온 1층 구조를 떠올리며 관제실로 향했다. 고요한 건물 안에서는 아무리 발소리를 죽여도 자꾸만 메아리가 치는 것 같아 몸이 움츠러들었다.

세 사람은 은은한 빛이 새어 나오는 관제실 문틈을 슬쩍 들여다봤다. 수많은 CCTV 화면과 패드 들이 복잡하게 늘어져 있었다. 멀리에서부터 경비의 발소리가 들려왔다. 일분일초가 급한 상황이었다.

작전대로 관제실에서 조금 떨어진 비상구로 조심조심 이동해 계단에 몸을 숨겼다. 비상구 문소리가 들리지 않도록 심혈을 기울여 닫은 후 바깥의 기척에 귀를 기울였다.

한참이 지나 순찰을 마친 경비 아저씨가 관제실로 들어가는 소리가 들려왔다. 해영은 자그마한 크로스백 안에서 조심조심 앤티를 꺼내 들었다. 바닥에 앤티를 내려놓고 손톱만큼 문을 열어 주자, 앤티는 세 사람을 향해 비장하게 경례를 하고는 문틈으로 쏙 빠져나갔다.

짧은 다리로 도도도 바쁘게 달려가던 앤티가 불빛이 새어 나오는 관제실을 슬쩍 돌아봤다. 그 사이로 음음, 하는 경비의 콧노래가 들려왔다. 앤티는 한참을 달리고 달려 아이들이 숨은 곳에서 가장 멀리 떨어진 건물 반대편 복도로 향했다. 앤티의 목표는 CCTV였다. 울퉁불퉁한 시멘트 벽을 기어올라 복도를 비추고 있는 CCTV에 다다른 앤티가 카메라 뒤편으로 이어져 있는 회로를 온 힘으로 끊어 냈다.

머지않아 비상구 계단에 숨어 있던 세 사람의 귓가에 관제실 문이 끼익 열리는 소리가 들려왔다. 그 뒤로 "뭐지? 왜 갑자기……." 하며 중얼거리는 목소리와 발소리가 연달아 이어졌다. 긴장한 표정의 해영이 고개를 뒤로 돌려 수림, 슬훈과 눈빛을 주고받았다.

결전의 시간이 다가왔다. 수림은 손을 뻗어 잔뜩 굳은 해영의 손을 가볍게 잡아 주었다. 어찌나 긴장했는지 해영의 손바닥이 온통 축축했다. 응원의 마음을 전해 받은 해영이 조용히 미소 지었다. 조금 더 차분해진 표정으로, 해영이 문을 열고 복도로 나섰다.

해영은 떨지 않기 위해 노력하며 관제실 방향을 향해 천천히 걸음을 옮겼다. 그리 오랜 시간이 지나지 않아, CCTV를 확인하러 오던 경비 아저씨와 정면으로 마주쳤다. 아저씨는 소스라치게 놀라며 손전등을 비추었다.

"깜짝이야! 누구야?"

"아, 안녕하세요."

가슴을 부여잡은 경비 아저씨의 손에서 손전등 불빛이 바들바들 떨렸다. 아저씨는 해영의 얼굴에 손전등을 비추며 자신의 패드를 더듬거렸다. 해영은 경비 아저씨가 누군가를 불러내기 전에 재빨리 입을 열었다.

"저 지하균 대표님 딸 지해영이에요. 저번에 한 번 왔었는데…… 모르시겠어요?"

패드를 켜려던 손이 멈칫했다. 경비 아저씨가 인상을 찌푸리며 밝은 손전등 불빛 아래의 해영을 뚫어지게 바라보았다. 그러더니 금세 해영을 알아보고 당황한 목소리로 중얼거렸다.

"아니, 이 시간에 여긴 웬일로……."

해영은 아버지와 대화를 나누던 수림의 친절한 얼굴을 떠올렸다. 타인의 경계를 누그러뜨리고 쉽게 호감을 사는 그 선한 미소. 해영이 어색하게나마 기억 속 수림의 얼굴을 따라 무해한 웃음을 띠었다. 멋쩍은 척, 약간의 연기를 섞으며 우물쭈물 이야기를 꺼냈다.

"사실…… 얼마 전에 친구들이랑 회사 견학을 왔던 날, 제가 여기서 뭘 잃어버린 것 같아요. 아주아주 중요한 거라서 아빠 허락을 받고 왔어요. 여기, 아빠가 준 카드 키도 있고요."

복제해 온 카드 키를 꺼내 보이자 경비 아저씨가 작은 목소리로 아아, 하는 소리를 냈다. 얌전한 태도의 해영을 전혀 의심하지 않는 눈치였다.

해영이 든 카드 키를 빤히 내려다보던 경비 아저씨가 마침내 경계를 완전히 허물고 친근한 투로 물었다.

"뭘 잃어버리셨지요? 며칠 전이라면 그사이에 청소를 몇 번이고 했을 텐데요."

"아니에요. 제가 가진 붓인데, 겁이 많아서 어딘가에 숨어 있을 거예요. 어? 저기 있다!"

해영이 두 눈을 동그랗게 뜨고 멀리 반대쪽 복도 끝을 가리켰다. 해영의 가느다란 손가락이 가리킨 곳에 앤티가 위아래로 방방 뛰고 있었다. 제자리에서 팔짝팔짝 뛰던 앤티는 갑자기 방향을 틀어 복도 끝을 향해 도도도 달려가기 시작했다.

해영이 다급한 목소리로 경비 아저씨의 팔을 붙잡고 앤티를 가리키며 다급하게 외쳤다.

"아저씨, 빨리요! 빨리! 쟤 좀 잡아 주세요, 도망가기 전에 얼른요!"

해영이 허둥지둥하며 발을 동동 구르자 경비 아저씨가 앤티의 뒤를 따라 달음박질했다. 때아닌 밤중의 추격전이 벌어졌다.

해영이 경비 아저씨를 따라 달리며 상황을 살폈다. 앤티는 잡힐 듯 말 듯한 속도로 복도를 쭉 내달리고 있었다. 조그만 게 어찌나 도망도 쏙쏙 잘 다니는지, 아저씨를 제대로 약 올리고 있었다. 성인 남자의 커다란 보폭에 거리가 금세 좁혀져 해영의 마음이 조마조마했지만, 다행히도 다리 사이로 이리저리 도망 다니는 조그마한 나노봇을 잡는 건 쉽지 않은 일이었다.

아저씨가 마침내 코앞까지 가까워진 앤티를 향해 손을 뻗었다.

'앤티, 조금만 더……!'

해영이 마음속으로 외친 순간, 급하게 방향을 꺾은 앤티가 복도에 난 창고 문으로 후다닥 도망쳐 들어갔다. 경비 아저씨도 뒤따라갔다.

해영은 창고 문 앞에 멈춰 서서 살짝 안을 들여다봤다. 겨우 손가락 한 마디 정도밖에 되지 않는 앤티는 물건이 어수선하게 쌓인 창고 어딘가에 금세 모습을 감추었는지 털끝만큼도 보이지 않았다.

이내 창고 안에서 경비 아저씨의 목소리가 울려 퍼졌다.

"어디 있니? 네 주인님이 찾고 있어. 얼른 나오렴!"

헥헥 숨을 몰아쉬며 앤티를 회유하는 경비 아저씨의 목소리가 들렸다. 그리고 달그락, 창고 깊은 안쪽에서 희미한 소음이 이어졌다. 경비 아저씨가 소리를 따라 조심조심 안쪽으로 걸음을 옮기는 기척이 느껴졌다. 창고 가장 깊숙이 들어갔을 때, 앤티가 문쪽으로 몰래 빠져나왔다. 그러자 아저씨가 입구를 바라봤다. 앤티는 약 올리듯 혓바닥을 쭉 내밀었다. 앤티의 얼굴 위로 '메롱!' 하는 글자가 떠오르는 것 같았다.

해영은 어색하게 경비 아저씨를 마주 바라봤다. 아저씨는 앤티가 발아래 있는데도 아무런 조치를 취하지 않는 해영을 보며 어리둥절한 표정이었다. 해영은 아무런 설명 없이 그저 어깨를 으쓱였다.

아저씨가 뭔가 말을 하려 입을 떼려는 순간, 해영이 빠른 손길로 쾅! 창고 문을 닫고 바깥에서 자물쇠를 걸어 버렸다. 아저씨는 곧바로 문을 두들기며 고함을 질렀다.

"아니, 뭐 하는 거야?"

"죄송해요. 잠깐만 거기 계서 주세요. 금방 올게요, 죄송해요!"

해영은 가슴속이 크게 울리도록 소리를 내지르며 복도를 내달렸다. 고요하고 어둡기만 했던 복도에 높고 카랑카랑한 목소리와 탁탁탁 달리는 발소리가 크게 울려 퍼졌다.

작전의 1단계는 성공이었다. 짜릿한 성공의 쾌감에 해영의 얼굴에 큰 웃음이 번졌다.

나는 누구의 그림자도 아니다

해영을 내보낸 후, 수림과 슬훈은 어둠 속에 몸을 숨겼다. 작전이 정말 성공할까? 경비 아저씨를 따돌리는 데 실패하면 어쩌지? 자꾸 안 좋은 생각이 들어 수림의 심장이 쿵쾅쿵쾅 울렸다.

식은땀으로 축축하게 젖어 있던 해영의 차가운 손에 마음이 아렸다. 수림은 해영이 되찾으려는 것들을 떠올렸다. 백반증으로 얼룩진 얼굴, 아버지로부터 부정당한 자기 자신, 타인의 시선에 움츠러들어야 했던 어린 해영. 해영의 손을 잡았던 감촉이 손바닥에 남아 있는 듯했다.

고개를 푹 숙이자 까만 어둠 속 낡은 운동화가 눈에 들어왔다. 가만히 발끝을 꾸물거리고 있으려니 슬훈이 넌지시 수림을 불렀다. 슬훈은 계단에 걸터앉아 옆자리를 두드리며 입 모양으로

‘앉아서 기다리자.’고 이야기했다.

슬훈과 둘이서 카페에 앉아 그림을 그린 적도 있는데 사위가 고요해서인지 조금 어색한 기분이 들었다. 슬훈이 작은 목소리로 소곤거렸다.

“정말로 여기까지 왔다는 게 믿기지 않네.”

“그러게. 나도 이제야 좀 실감이 나. 언니는 잘하고 있을까?”

“그럴 거야.”

슬훈이 분명 잘하고 있을 거라는 듯, 그래야만 한다는 듯 대답했다. 그 단호한 말투에 수림의 마음속에서 내내 일렁이던 불안이 조금쯤 가라앉았다. 슬훈은 멍하게 허공 어딘가를 바라보다가 문득 입을 열었다.

“우리가 성공해서 세상의 모든 탐미경이 종료되면…… 어떤 일이 벌어질까?”

탐미경이 사라진 세상. 친구와, 연인과, 가족과 시간을 보내던 사람들의 얼굴에서 아름답고 화려한 가면이 녹아내리는 모습을 그려 봤다. 이상하게도 상상이 잘 가지 않았다. 화를 내고 수치스러워하는 사람이 더 많지 않을까? 우리가 벌인 짓이라는 걸 알면 손가락질하며 욕을 할까? 그렇게 생각하니 어깨가 움츠러들었다.

“나도 내 맨얼굴을 보는 건 오랜만이라서 어떨지 좀 걱정되네.”

“작전에 성공하면 네 탐미경도 꺼질 텐데, 괜찮아?”

“응. 다 알고 하는 건데, 뭐.”

“그렇구나.”

수림이 대답하자 짧은 침묵이 이어졌다. 슬훈이 자신의 맨얼굴을 보면 어떻게 반응할지 궁금해졌다. 수림은 탐미경을 끄고 받았던, 내면의 세계가 흔들리는 듯한 충격을 떠올렸다. 머뭇머뭇, 수림이 입술을 달싹였다.

“난…… 아직 용기가 부족한 것 같아. 사실 해영 언니를 만나기 전에 탐미경을 종료해 본 적이 있어. 비싼 요금제와 기본 요금제를 쓰는 반 친구들 사이에 묘한 계급이 생긴 것도, 탐미경으로 바꿀 수 없는 것들에 대한 차별이 새로 생겨나는 것도, 계속해서 더 아름다워지기를 부추기는 세상도 전부 지긋지긋했거든. 그래서 아예 탐미경 구독을 끊어 버리면 어떨까 생각한 거야.”

“……”

“그런데 정말 오랜만에 마주한 내 맨얼굴이 너무너무 못나 보이는 거야. 진짜 깜짝 놀랐어. 그래서 곧바로 다시 탐미경을 켜고, 지금까지 종료 버튼은 거들떠보지도 않았어. 나는 해영 언니처럼 진짜 얼굴을 마주할 용기가 없었던 거지.”

“그래도 넌 나보다 낫다. 나는 너랑 해영 누나를 만나기 전까지 한 번도 그런 생각을 해 본 적도 없는데?”

슬훈이 괜스레 코를 한번 훌쩍였다.

"난, 내 얼굴을 가려야 한다는 게 어릴 때부터 당연했어. 너도 저번에 봐서 알겠지만…… 엄마가 아빠랑 닮은 내 얼굴을 항상 경멸하는 눈으로 봤으니까. 탐미경을 써서 외모를 바꾸면 적어도 엄마가 날 볼 때마다 진저리를 치진 않아서, 그게 편하고 안심이 됐어."

"그럼 뭐 어때. 아무 죄도 없는 너한테 아버지를 투영하는 게 잘못된 거지, 네가 해결책으로 탐미경을 선택한 게 잘못된 건 아니잖아."

수림은 슬훈이 은근히 자책하고 있다는 걸 눈치채고 단호하게 답했다. 슬훈은 자신의 잘못도 아닌 일로 어머니의 눈치를 보고 주눅 들어 있어야만 했다. 이것도 가정 폭력 아닌가?

하지만 수림과 달리, 정작 당사자인 슬훈은 덤덤하게 말을 이어갔다.

"알아, 내 잘못이 아니라는 거. 단지 너랑 해영 누나를 보면서 그런 생각이 들었어. 내가 아빠와 닮았다는 이유로 내 본모습을 미워하고 숨겨야 할 것으로 여긴다면, 그럼 진짜 '나'는 누구지? 아빠와 닮았다고 해서 내가 아빠인 건 아닌데. 나는 누구의 그림자도 아닌데. 이전에는 왜 그런 생각을 한 번도 못 해 봤을까? 그래서 나는 너랑 누나가 신기해."

덤덤하다고 해서 정말로 아무렇지 않은 게 아니라는 것쯤은 수림도 알고 있었다. 긴 시간 동안 같은 상처가 반복되어 결국은 무뎌진 듯한 슬훈의 태도가 수림의 마음을 더 애달프게 했다. 수림은 슬훈의 기분을 조금이나마 풀어 주려 장난스러운 투로 말했다.

"괴짜라는 뜻인가?"

다행히 슬훈이 금세 너털웃음을 터뜨렸다.

"아니. 탐미경을 쓰든 안 쓰든, 내 진짜 모습을 사랑하는 게 먼저라는 걸 알고 있다는 게 멋있다고. 내가 견뎌 온 크고 작은 시련들, 소소한 일상과 경험으로 얻은 가치관……. 그 모든 게 합쳐진 게 나라는 사람이잖아. 그런 것들을 전부 아끼고 사랑해 줄 수 있다면, 외모 따윈 중요하지 않아. 그깟 외모가 아니더라도 나를 이루는 가치는 수도 없이 많으니까."

슬훈은 멋쩍은 듯 하하 웃었다. 수림은 비상구 계단에 울려 퍼지는 웃음소리에 덩달아 웃으며 눈으로는 슬훈의 휘어진 눈매를 좇았다. 그리고 생각했다. 나는 아마 슬훈의 진짜 얼굴이 어떻든, 이 애를 좋아할 수밖에 없었을 거라고. 때때로 스스로를 미워하는 날이 있더라도, 결국 그 모든 날까지 품어 안아 사랑할 수 있는 성정은 변하지 않을 테니까.

슬훈과 대화하는 동안 두려웠던 마음이 어느새 차분해졌다. 수림은 진심을 담아 씨익 미소를 지었다.

비상구 문이 벌컥 열린 건 그때였다. 조심성이라고는 눈곱만치도 없이 거세게 열리는 문에 수림이 깜짝 놀라 작게 비명을 질렀다. 수림의 심장을 떨어뜨릴 뻔한 장본인, 해영은 '얘가 왜 이 래?' 하는 표정으로 수림을 흘끗 쳐다봤다. 그리고 무표정한 얼굴로 농담을 던졌다.

"내가 좋은 시간을 방해한 것 같네. 미안하지만 슬슬 나가자."

"아니, 좋은 시간은 무슨……"

수림은 얼굴이 화끈해지는 걸 느끼며 툴툴거렸다. 혹여나 부끄러워하는 기색을 슬훈이 알아챌까, 해영의 옆에 서며 아무렇지 않게 질문을 던졌다.

"성공했어?"

"당연하지, 내가 누구야."

자신만만한 해영의 대답을 듣는 순간 모두 잘 풀릴 것 같다는 확신이 들었다.

세 사람은 빠르게 비상구를 빠져나와 관제실로 향했다. 아까 전까지만 해도 경비 아저씨가 지키고 있던 관제실은 문이 그대로 열려 있었다. 지켜보는 이는 없지만 괜히 후다닥 관제실로 들어섰다.

해영은 두 사람을 관제실에 들여보내고 문밖에 선 채 마지막 인사를 건넸다.

"무슨 일 생기면 바로 방송 부탁해."

"응. 조심해, 언니."

"조심하세요."

겁먹은 기색이라고는 전혀 보이지 않는 단단한 얼굴로, 해영이 고개를 끄덕여 보였다. 그리고 곧장 뒤돌아 보안 구역을 향해 질주했다.

수림은 점점 멀어지는 발소리를 가만히 듣다가 뒤를 돌았다. 슬훈이 CCTV 화면 하나를 손가락으로 가리켰다. 그 네모난 화면 안에 로비를 가로질러 지하로 향하는 해영의 모습이 보였다.

경비 아저씨가 보안 업체를 호출했을 것이다. 그 틈에 탐미경 시스템을 마비시켜야 했다.

작전의 끝에서

보기만 해도 압도되는 복잡한 스크린과 터치 패드가 관제실 안을 밝게 비췄다. 해영의 작전을 돕기로 한 이후 틈틈이 프로그래밍 공부를 해 온 슬훈의 숨이 턱 막힐 정도로 어마어마한 광경이었다. 하지만 멍청하게 가만히 서서 흘려보낼 시간 따위는 없었다. 슬훈은 이를 꾹 깨물며 패드를 하나씩 훑어 가기 시작했다.

우선 보안팀에 혼선을 주기 위해 가짜 침입 흔적을 만들어 놓기로 했다. 다행히 출입구 보안 시스템을 관리하는 창은 금세 찾을 수 있었다. 빠른 속도로 각 출입구에 침입 시도 흔적을 만들었다. 조금만 신경을 써서 들여다보면 금세 인위적인 눈속임이라는 것이 들통날 만큼 허술했지만, 급박한 상황인 만큼 부디 잠시라도 속아 넘어가 시간을 조금이라도 벌어 주길 바랐다.

그사이 수림은 수많은 CCTV 모니터를 통해 지하층의 보안 구역으로 들어가는 해영을 눈으로 좇았다. 화면 속에서도 급박해 보이는 해영은 성큼성큼 데이터 센터를 가로질러 굳게 닫힌 회색 철문 앞에 섰다.

해영이 품에서 미리 복제해 온 보안 카드를 꺼내 문손잡이 위에 가져다 댔다. 문에서 곧장 치익, 희미한 소음이 들리더니 잠금이 해제되었다.

안심할 틈도 없이 안으로 들어선 해영이 두 번째 문을 마주했다. 이곳이 바로 중앙 제어실로 향하는 두 번째 관문이었다. 혹시나 하는 마음에 정맥 인식 패드 위로 보안 카드를 대 보았지만 당연하게도 문이 저절로 열리는 기적은 일어나지 않았다.

문 앞에서 막힌 해영이 고개를 들어 천장을 샅샅이 살폈다. 까만 CCTV 카메라에 대고 무어라 입술을 움직였지만, 관제실에서는 해영의 말이 들리지 않았다. 슬훈이 지하 보안 구역 출입 통로의 CCTV 마이크를 켜고 이야기했다.

"누나, 추측했던 대로 두 번째 문은 여기서 바로 열 수 없는 것 같아요. 방법을 좀 더 찾아볼게요."

여기서 막힐 순 없다. 슬훈의 뒷목을 타고 식은땀이 흘러내렸다. 방법을 찾아 헤매는 일분일초가 억겁처럼 느껴졌다.

해영은 발을 치켜올려 문 아래쪽을 꽝꽝 차기 시작했다. 이런다고 닫힌 문이 열릴 리야 없겠지만, 시간의 압박과 갑갑함에 몸이 절로 움직였다. 문을 부술 듯 두드려 대자 앤티가 해영의 주머니에서 얼굴을 쏙 빼냈다. 큰 도움을 줄 수 없는 앤티도 눈썹을 축 늘어뜨리고 굳건한 문과 해영을 번갈아 바라봤다.

한참 동안 패드를 두드리며 씨름하던 슬훈의 표정에 문득 희망의 씨앗이 움텄다. 지푸라기 잡는 심정으로 재빨리 손을 움직이며 코드를 입력한 슬훈이 "왁!" 하는 소리를 질렀다. 그리고 곧장 마이크를 켜 빠르게 말했다.

"다시 센서에 카드를 대 보세요. 다행히 대표급은 권한이 높아서 보안 카드만으로도 출입할 수 있도록 변경할 수 있는데, 통할지 모르겠어요."

문을 차던 해영이 숨을 몰아쉬며 한 발짝 물러났다. 주머니에 쑤셔 넣었던 보안 카드를 꺼내 정맥 인식 센서에 가져다 대자, 이번에는 거짓말처럼 두 번째 문의 테두리가 밝게 빛났다. 해영이 양쪽으로 개방된 문을 보고 쾌재를 불렀다.

"나이스!"

관제실에서도 슬훈과 수림이 손바닥을 짝, 맞대며 기쁨의 탄성을 질렀다. 만일 해영이 탐미경 회사와 전혀 관련이 없는 외부자였다면 통하지 않았을 방법이었다. 세상의 모든 행운이 세 사람의 편이라도 되는 것처럼 순조로운 상황이었다.

불행히도, 그때쯤 회사 외부를 비추는 CCTV에 정장을 갖춰 입은 새카만 남자들의 무리가 나타났다. 보안팀으로 보이는 무리의 맨 앞에 서 있는 사람은 다름 아닌 해영의 아버지였다. 정문에 모인 그들은 세 갈래로 뿔뿔이 흩어져 각 출구로 향했다. 침입자의 흔적이 정문과 동문, 서문 모두에 남아 있어 동태를 확인하는 것으로 보였다.

심장이 철렁 내려앉은 수림이 다급하게 관제실의 문을 걸어 잠갔다. 그리고 곧장 보안 구역, 즉 중앙 제어실의 스피커를 켜고 해영을 불렀다.

"언니, 언니네 아빠가 사람들을 불러왔어!"

마지막 출입문을 통과해 안으로 들어서던 해영이 발을 멈추고 고개를 들어 CCTV를 바라봤다. 보안팀이 생각보다도 더 빠르게 도착했다. 그러나 해영은 동요하지 않고 차분하게 고개를 끄덕였다. 두 다리가 보이지 않을 정도로 재빠르게 내달렸다.

돔 형태의 널찍한 공간 한가운데에 거대한 기계 하나가 덩그러니 놓여 있었다. 그토록 찾아 헤매던 중앙 제어 시스템이었다. 저 아무것도 아닌 기계 하나가 해영의 인생을 붙잡아 가두고 있었다.

해영은 자신을 덮쳐 오는 거대한 감정의 소용돌이에 휩쓸리지 않기 위해 숨을 크게 들이마셨다. 한 발짝씩 걸음을 옮겨 기계 앞에 선 해영이 복잡한 회로를 찬찬히 눈으로 살폈다.

그러나 해영이 무언가를 시도하기도 전에, 신속하게 정문을 통과해 온 보안팀 무리가 육중한 발소리를 내며 중앙 제어실 가까이에 도착했다. 곧장 이곳으로 달려온 듯했다.

해영이 애를 먹으며 겨우 통과했던 문이 너무나도 손쉽게 열렸다. 해영은 치익, 문이 열리는 소리에 소스라치게 놀라 뒤돌아섰다. 그곳에는 보안팀을 이끌고 달려온 아버지가 서 있었다.

수림과 슬훈은 CCTV 화면을 통해 아버지와 딸의 대립을 조마조마한 눈으로 관망했다. 통신 상태가 좋지 않아 지직거리는 화면 틈으로 해영의 수상쩍은 손놀림이 잡혔다. 아버지의 눈을 똑바로 노려보고 있는 해영이 몰래 손을 뒤로 돌려 기계에 얽힌 복잡한 회로를 더듬거리고 있었다.

"언니, 빨리. 제발!"

누군가가 말릴 틈도 없이 소매에서 잭나이프를 꺼낸 해영이 미리 봐 두었던 검은 회로에 칼날을 가져다 댔다. 힘을 주어 회로를 끊으려는 그때, 해영의 아빠가 무시무시한 얼굴로 소리쳤다.

"지해영. 이게 뭐 하는 짓이야?"

바싹 힘이 들어가 있던 해영의 손가락이 멈칫했다. 해영은 들끓는 감정을 꾹꾹 눌러 삼키며 입술을 깨물었다. 언제부터인가 구형 AI와 채팅하듯 제자리를 맴도는 대화밖에 나눌 수 없었던 아버지와 눈을 맞췄다.

"탐미경을 종료시킬 거야."

"너 대체…… 뭐가 불만이어서 이래. 무슨 쓸데없는 짓을 하는 거냐!"

"쓸데없는 짓? 아빠, 이건 쓸데없는 짓이 아니야. 사람들은 자기한테 '진짜 얼굴'이 있다는 사실을 알아야만 해."

"탐미경은 사람들에게 구원이야!"

귀에 못이 박히도록 들어 온 말이었다. 구원이라는 명목으로, 널 위한다는 핑계로, 사랑이라는 포장으로 해영의 코와 입을 틀어막았던 말. 해영의 안에서 부글부글 끓던 감정이 조금씩 흘러넘쳤다. 언제나 그랬듯 숨기고 숨겨 남들 앞에 내보이지 않으려 애썼지만, 이상하게도 잘 되지 않았다.

"하지만 진짜 내 모습을 외면하게 만들 수도 있어. 아빠, 기억나? 나한테 약점은 드러내면 안 되는 거라고 했었잖아. 그런데 아빠가 잘못 생각했어. 누군가의 눈에는 흠일지라도, 내가 당당하게 드러낸다면 그건 더 이상 내 약점이 아니야. 내가 부끄러워하지 않는데 그게 어떻게 약점이 되겠어?"

이를 악문 해영이 빠른 손길로 홀로그램 패드를 켜 자신의 탐미경을 종료했다. 아빠가 '남부끄럽지 않은 것'으로 여기는 해영의 얼굴이 순식간에 녹아내리고 백반증으로 얼룩진 피부가 드러났다. 아빠의 곁에 선 보안팀 사람들이 헉, 하고 숨을 집어삼켰다. 아빠의 눈동자도 거세게 흔들렸다.

해영은 남들의 반응에 아랑곳하지 않고 아빠를 똑바로 쳐다보며 한 글자 한 글자 말을 뱉어냈다. 숨겨 온 마음이 언어가 될수록 억눌러 온 울분도 점점 감당할 수 없을 만큼 치밀어 올렸다.

"이건 내 얼굴이야. 매끄럽지도, 백옥 같지도 않은 얼굴. 얼룩덜룩한 얼굴. 하지만 나는 이런 내 얼굴까지도 사랑해. 이건 부끄러운 거라고, 가려야 하는 거라고 말하던 사람들에게 휩쓸리지 않고 지켜 온 내 모습이니까!"

"지해영, 그만해라."

"아빠는 내 얼굴이 부끄러울지 몰라도 나는 타고난 나를 외면하고 지우려고 애쓰지 않을 거야. 탐미경 회사 대표의 딸이라는 이유로 억지로 가짜 얼굴로 다니지 않을 거라고!"

해영이 소리치며 손에 쥐고 있던 잭나이프에 강한 힘을 주었다. 날카로운 칼날이 검은 회로를 파고들자 작은 불꽃이 파밧, 튀었다. 생각보다 너무 쉽게 잘린 회로가 툭, 아래로 떨어졌다.

그러나 사람들의 탐미경은 여전히 종료되지 않은 채 단단한 가면으로 존재했다.

이게 어떻게 된 거지? 분명 서류에서, 검은 회로를 끊으면 중앙 제어 시스템이 멈춘다고 했는데…….

"지금이다!"

눈치를 보던 보안 팀장이 소리쳤다. 팀장의 신호를 받은 직원 서넛이 동시에 물소처럼 달려들어 해영의 양팔과 어깨를 붙들었다. 하릴없이 붙잡힌 해영의 몸이 중앙 제어 시스템에서 조금씩 멀어져 갔다.

이대로 끌려 나가면 모든 게 끝이었다. 해영은 깡마른 몸으로 저항하며 바닥에 발을 단단히 붙였다. 사람은 위기 상황에 초인적인 힘을 발휘한다더니, 장정 서넛을 상대로도 독하게 제자리를 지킬 수 있었다.

그러나 버티는 것도 잠시뿐이었다. 종아리에 바싹 힘이 들어갈 정도로 기를 쓰고 버티던 발이 서서히 끌려가기 시작했다. 해영은 팔을 붙잡혀 끌려 나가면서도 어떻게든 자리를 버티기 위해 악을 쓰며 발버둥 쳤다.

마치 남 일인 양 느긋하게 다가온 해영의 아버지가 중앙 제어 시스템을 들여다보았다. 해영이 자른 검은 회선이 바닥에 널브러져 있었다. 아버지는 어이없다는 듯 헛웃음을 치며 잔뜩 갈라지는 목소리로 말했다.

"아무리 회사의 보안 장치를 우습게 봤어도 그렇지, 고작 커터 칼로 회로 하나를 끊는다고 모든 게 종료될 거라고 생각했어? 우리 회사의 중앙 제어 시스템은 아날로그 방식을 쓰지만, 매번 새로운 방식으로 발전하고 있다. 기계 자체를 폭발시키거나 직접 바이러스를 심지 않는 이상은 아무도 망가뜨릴 수 없어!"

아, 다 끝났어. 시스템을 망가뜨리는 것은 실패했고, 재시도를 할 기회조차 사라졌다. 이제 아버지는 해영을 더욱 날 선 눈으로 감시하고, 해영의 탐미경에 스스로 해제할 수 없는 잠금 설정을 추가할 것이다. 어쩌면 앞으로 해영은 영영 자신의 진짜 얼굴을 되찾지 못한 채 살게 될 것이다. 그러다가 먼 훗날 거울을 보며 '내가 어떻게 생겼더라?' 하고 섬뜩한 질문을 던질지도 몰랐다.

그렇게 살고 싶지는 않았다. 내 것이 아닌 허상의 가면 속에서 살고 싶지 않았다. 용기와 절박함이 다시금 해영의 마음속에 불씨를 일으켰다. 힘이 빠졌던 다리를 박차고 끌려가지 않기 위해 애를 썼다.

누구든, 어떤 방법이든 제발 도와줘. 제발…….

관제실의 두 사람은 어떤 도움도 줄 수가 없다는 무력감에 휩싸여 애타게 CCTV를 들여다보고 있었다. 다 왔는데, 이제 정말 조금만 더 하면 성공인데. 그동안의 노력이 모두 물거품이 되어가는 모습에 가슴이 아렸다.

그때 CCTV 한구석에 아주 조그마한 무언가가 눈에 들어왔다.

"저거 앤티 아냐?"

"어? 앤티!"

앤티는 화면 속에서 겨우 한두 픽셀 정도나 되는 작은 크기였지만, 두 사람은 앤티를 알아볼 수 있었다. 앤티가 자기 몸집만 한 무언가를 끙끙 끌고 기계 가까이로 다가가고 있었기 때문이었다.

당장 눈앞의 상황에 흥분해 있는 중앙 제어실 안의 사람들은 아무도 조그마한 앤티를 의식하지 못하는 듯했다.

수림이 중얼거렸다.

"지금 뭘 하는 거지? 쟤 뭘 가지고 있는 거야?"

"저거 혹시…….."

"뭔데? 넌 알아?"

눈썹을 찌푸린 채 모래 알갱이처럼 작은 화면 속 앤티를 바라보던 슬훈이 낮은 목소리로 설명했다.

"저번에 해영 누나 집에서 네가 나한테 뭐 하냐고 물어봤던 거 기억나? 그때 작전에 도움이 될까 해서 해킹 프로그램을 만들고 있다고 했잖아. 그때 만든 자동 해킹 바이러스를 USB에 넣었거든. 그냥 연습용으로 만들어 본 거고, 잘 작동하는지 확인도 못 했는데…… 앤티가 저걸 어떻게 가져왔지?"

두 사람은 앤티의 이상 행동을 지켜보았다. 해영은 출구를 몇 발자국 둔 곳까지 끌려 나간 상태였다.

결국 실패구나, 수림이 입술을 꾹 깨물며 눈을 감았다.

그때였다. 중앙 제어 시스템이 요란한 알림 음을 터뜨리며 모니터와 버튼 위에서 점멸하던 모든 빛을 까맣게 잃었다. 앤티가 조그만 몸으로 USB를 기계 아래쪽 단자에 밀어 넣자마자 바이러스가 기계에 퍼져 접속을 끊기 시작한 것이다.

사이렌처럼 울려 대는 경보음에 해영을 붙잡고 있던 보안팀 직원들이 놀라 뒤를 돌아봤다. 그 틈을 타 해영이 몸부림을 쳐 그들의 손아귀에서 벗어났다.

그리고 놀라운 광경이 펼쳐졌다. 중앙 제어실 문 앞을 메우고 있던 보안팀 사람들과 아버지의 얼굴에서 탐미경이 녹아내리고 있었다. 회사 건물 바깥의, 이 세상의 모든 탐미경이 마찬가지였다. 해영과 수림, 슬훈이 간절히 바라던 대로 사람들의 눈을 가린 허상이 모두 벗겨졌다.

성공이다!

해영은 상황을 파악하자마자 빠르게 기계로 달려갔다. 여전히 커다란 알림 음을 울리는 기계 앞에 몸을 웅크린 앤티가 있었다. 해영은 손바닥 위에 조심스레 앤티를 올리며 감격에 찬 목소리로 속삭였다.

"앤티, 앤티……. 고마워. 네가 해낼 줄 알았어."

동그랗게 몸을 말고 있던 앤티가 해영의 다정한 목소리에 빼꼼 고개를 내밀었다. 해영은 둥그스름한 앤티의 얼굴에 밝은 웃음을 돌려주었다. 그리고 제 몫 이상의 일을 해낸 앤티를 조심스레 주머니 안으로 들여보낸 다음, 아슬아슬하게 제 역할을 다한 USB를 뽑아 들었다. 기계에 울려 퍼지던 경보음은 멈췄지만 사람들의 탐미경은 돌아오지 않았다.

해영은 천천히 등을 돌렸다. 번들거리는 눈동자로 해영을 노려보는 아버지와 눈을 맞췄다. 항상 거대한 벽처럼 느껴졌던 아버지였지만, 이번만큼은 조금도 피하지 않고 당당히 얼굴을 마주했다.

"결국 내가 이겼어. 내가 옳았고."

"너……."

"아빠 진짜 얼굴, 오랜만에 보네. 언제 그렇게 나이 들었어?"

해영이 떨리는 눈으로 아주 오래된 기억 속에만 존재하던 아버지의 얼굴을 바라보았다. 이렇게 서로의 맨얼굴을 마주하는 게 얼마 만인지 몰랐다. 말로 할 수 없는 여러 감정이 단전에서부터 치고 올라와 심장을, 목구멍을, 코끝과 눈가를 적셨다.

해영은 이를 악물고 세월의 흔적이 묻어나는 아버지의 얼굴을 찬찬히 훑었다. 기억보다 훨씬 늙은 얼굴 곳곳에 주름이 파여 있었다. 하지만 해영은 그런 아버지의 얼굴이 반가웠다. 아빠의 진짜 얼굴은 저랬구나. 아빠도 그저 나이 들고 삶에 지친 어른이었구나.

해영이 누그러진 목소리로 입을 열었다.

"근데, 나한테는 지금의 모습이 더 아빠 같아. 얼굴에 잡힌 주름 하나하나가 아빠가 어떻게 살아왔는지 말해 주고 있잖아. 그게 아빠가 만들어 온 세월이잖아."

아버지의 눈매는 여전히 뾰족하고 날이 서 있었다. 하지만 분해 보이는 그 눈매 속의 까만 눈동자가 희미하게 흔들리고 있었다. 해영은 아버지의 고요한 동요를 물끄러미 바라보았다.

얼마 지나지 않아 시스템은 복구될 것이다. 어쩌면 오늘의 사건이 잠깐의 해프닝으로 끝날 수도 있다.

그러나 이것으로 충분했다.

해영은 고개를 들어 까만 눈을 빛내고 있는 천장의 CCTV를 바라보았다. 그리고 저 너머에 있을 수림과 슬훈의 진짜 얼굴을 그려 보았다.

관제실의 두 사람

세상의 모든 탐미경이 녹아내렸다. 물론 관제실에서 조마조마하게 화면을 들여다보고 있던 수림과 슬훈의 탐미경도 마찬가지였다. 귀를 찢는 경보음과 함께 얼굴을 덮고 있던 한 꺼풀의 가면이 사라졌다. 두 사람은 놀라 댕그랗게 뜬 눈으로 서로를 바라보았다. '진짜 얼굴'로 서로를 마주한 것은 처음이었다.

놀라움도 잠시, 작전이 극적으로 성공했다는 깨달음에 누가 먼저랄 것도 없이 탄성을 터뜨렸다. 민낯을 처음 봤다는 묘한 민망함과 수줍음, 그리고 통쾌함에 저절로 입꼬리가 올라갔다. 수림과 슬훈은 우스꽝스러운 얼굴로 웃음을 참다가 한순간 거리낄 것 없이 큰 목소리로 한바탕 웃었다.

슬훈이 흥분에 들떠 빠르게 말을 쏟아 냈다. 특히 자신이 만든 바이러스가 제대로 작동했다는 사실이 기뻐 보였다.

"성공했어! 바이러스가 든 USB로 탐미경 시스템이 무너지다니……. 가장 원시적인 방법으로 제일 발전된 기술을 자랑하는 회사의 중앙 제어 시스템을 무너트렸다는 게 신기하지 않아?"

슬훈이 은은한 미소를 띤 채 아무런 가면도 씌워져 있지 않은 수림의 얼굴을 바라보았다.

"지금 얘기하기엔 좀 뜬금없는데 말이야."

슬훈이 기쁨의 색채가 묻어나는 얼굴로 운을 떼었다.

"우리 미술 숙제, 탐미경 쓰지 않고 그려 보는 건 어때?"

"오, 좋은 아이디어이긴 한데……. 선생님이 누구 그린 건지 몰라서 0점 주면 어떡해?"

슬훈이 가볍게 목을 울려 웃었다. 잠시 고민하며 손으로 입가를 쓸다가, 밝은 목소리로 답했다.

"그럼 숙제 제출 날 우리 둘 다 맨얼굴로 가면 되지. 아마 학교에서 우리 둘만 맨얼굴일걸?"

'우리 둘'이라는 단어에 수림의 마음이 일렁였다. 우연히 미술 숙제의 같은 조가 된 슬훈, 그저 스쳐 지나갈 게시글 하나로 만나게 된 해영. 그들과 한 팀이 되어 '우리'라는 이름이 되었다는 사실이 새삼 특별하게 와닿았다. 이 기분을 뭐라고 표현할 수 있을까? 수림은 자신의 동요를 감추려 고개를 살짝 떨구었다.

"그거 좋네."

"아마 탐미경 고장 내고 크게 사고 친 둘이 또 이상한 짓을 한다고 다들 구경하러 올지도 몰라."

"얼마든지 덤비라고 해. 난 안 두려워."

수림은 가볍게, 하지만 진심을 담아 말했다. 슬훈도 농담으로 대꾸하지 않았다. 짧은 침묵이 두 사람 사이에 맴돌았다. 그러나 어색하거나 불편하지는 않았다. 중요한 사건을 함께 겪은 이들만 공유할 수 있는 깊은 침묵이었다.

한참 뒤 수림이 말했다.

"그런데, 그렇게 우리랑 뜻을 같이하는 아이들이 한두 명씩 진짜 얼굴을 하고 오면 더 좋겠다."

"……."

"난 더 이상 친구들의 가짜 얼굴이 아니라 진짜 얼굴이, 진짜 표정이 보고 싶어. 좋아하는 사람들과 좋아하는 이야기를 하면서 웃는 얼굴은 누가 뭐래도 아름다울 거야. 모난 데가 있더라도 눈빛이 빛나는 건 가릴 수가 없거든. 그거야말로 탐미경은 비추어 줄 수 없는 진짜 표정일 거고."

슬훈이 말없이 고개를 끄덕이며 수림을 바라보았다. 잔잔한 미소가 슬훈의 눈가에 맴돌았다. 그 안에 수림을 향한 다정한 신뢰가 녹아 있었다. 수림은 낯이 발그스레해질 것 같아 헛기침을 내뱉었다.

그때 잠겨 있던 관제실 문이 덜걱덜걱 소리를 내며 흔들렸다.

수림이 놀란 눈으로 뒤를 돌아봤다. 뛰쳐나가 붙잡을 새도 없이 잠금이 풀리고 문이 벌컥 열렸다. 그 밖으로 검은 정장을 입은 한 무리의 남자들이 서 있었다. 수림과 슬훈이 뒷걸음질을 쳤다.

우리, 잡혀가는 건가?

침을 꼴깍 삼키자마자 사람들 틈으로 뚱한 해영의 얼굴이 불쑥 튀어나왔다.

"나와. 다 끝났어."

작전 종료였다.

가면 혁명

언니, 오늘 인터뷰 잘해. 걱정 안 해도 엄청나게 잘 할 거 알지만.
수림
ㅋㅋ고마워. 그래도 내 얼굴 그대로 언론 매체에 나가는 건 처음이라 좀 긴장되긴 해.
해영
긴장할 게 뭐 있어? 나한테는 다짜고짜 데이터 센터를 테러하러 가자고 해 놓고!
수림
슬훈
맞아요. 우리가 해낸 일에 비하면 아무것도 아닐 걸요.

수림은 키득키득 웃으며 홀로그램 패드를 종료했다. 오늘은 해영이 메이저 방송사에서 인터뷰를 하는 날이었다.

탐미경의 시스템을 마비시키는 일에 성공한 세 사람은 한동안 이리 치이고 저리 치이며 정신없는 나날을 보냈다.

일을 주동한 해영이 탐미경 대표의 딸이기 때문에 회사와의 분쟁에선 벗어날 수 있었지만, 회사 차원에선 많은 사람의 항의를 받았다. 갑작스럽게 탐미경이 사라지는 바람에 배상을 요구하는 이도 있었고, 고작 세 명의 십 대에게 허점이 드러난 데이터 센터의 보안에도 의문이 제기되었다.

세 아이를 둘러싸고 이런저런 말들이 오갔다. 수림과 해영, 슬훈은 '테러범의 씨앗인가? 간 큰 청소년들'이라며 위험 분자 취급을 받기도 했고, '진짜 얼굴을 잃은 시대에 경종을 울린 십 대들'이라며 시대의 혁명가 대접을 받기도 했다. 온라인에서도 의견이 분분했다.

하지만 다행스럽게도 세 아이의 뜻을 알아준 이들이 조금 더 많은 편이었다. 그들 중 몇몇은 'AFCU(Anti Face-Changer Union)'를 결성해 눈을 속이는 '가짜의 나'가 아닌, 자신의 진짜 가치를 찾아가자는 캠페인을 시작했다.

AFCU는 연합 결성을 알리던 날, 자신들을 뭉치게 해 준 세 명의 십 대에게 깊은 감사를 표했다. 세상에는 알게 모르게 탐미경의 폐해에 반발하는 이들이 있었지만, 그들이 하나로 집결하기에는 결정적인 계기가 부족했다. 그러던 참에 어른들도 생각지 못한 일을 용감하게 해낸 아이들 덕에 AFCU가 결성될 수 있었다고 했다. 물론 아직은 미미하지만, 곧 큰불로 번져 또 다른 '가면 혁명'을 일으킬 수 있을 것이다.

몇 시간 뒤, 수림의 패드에 맑은 알림 음이 울렸다. 해영이 수림과 슬훈이 함께 있는 커뮤니케이터 대화방에 사진 한 장을 보냈다. 수림은 사진을 손끝으로 꾹 눌러 보았다. 인터뷰 대기 중인지 주변에 조명과 촬영 장비, 그리고 바삐 오가는 스태프들이 보였다.

하지만 무엇보다도 눈길을 사로잡는 것은 해영의 얼굴이었다. 하얗게 빛나는 왼쪽 눈썹과 목덜미까지 퍼져 있는 얼룩덜룩한 반점. 숨기고 살아야만 했던 자신의 맨얼굴을 그대로 드러낸 채 스튜디오 한가운데에 서 있는 해영은 그 자리에 있는 누구보다도 가장 단단하고 밝게 빛나고 있었다.

어젯밤 통화에서 안부를 물었을 때 들었던 해영의 목소리가 아직도 귓가에 선했다. 평소처럼 심드렁한 것 같으면서도 얕은 흥분이 깔려 있었다.

"우리 아빠? 처음엔 엄청나게 길길이 날뛰고 분노했지. 어마어마한 사고를 쳤다면서, 어떻게 수습할 거냐고 말이야. 그런 아빠가 너무 커다란 벽 같아서 무슨 말을 해도 통하지 않을 것 같았어. 그런데……."

"그런데?"

"어쩌면 이 일을 계기로 자신을 돌아보게 됐고, 잘못을 인정하고 싶지 않아 화를 낸 건지도 모르겠다는 생각이 들어. 가끔 사람들은 그러잖아. 화를 내고 억울해하면 내 잘못을 회피할 수 있기라도 한 것처럼. 왜냐하면, 이틀 정도 지났을 때였나…… 아빠가 갑자기 그런 말을 하셨거든. '사람이 나이를 먹으면 나쁜 아집이 생긴다. 그래서 당장 하루아침에 변화하겠다고 약속해 주기는 어려워.'라고."

"……."

"솔직히 그 말 들었을 때 좀 화가 났어. 그럼 난 계속 아빠한테 눌려서 살라는 말인가? 그냥 어쩔 수 없다고 일방적으로 이해하면서? 그런데 잠깐 뜸을 들이더니 이런 말을 덧붙이시는 거야. '대신 느리더라도 변화하도록 노력해 보마. 널 있는 그대로 받아들여 주지 못해서 상처 준 거, 미안했다.'고…… 그렇게 말하면서……."

해영이 황급히 말끝을 흐렸다. 가늘게 떨리던 목소리가 희미한 울음기를 띠고 있었다. 하지만 걱정할 필요는 없었다. 해영이 앞으로 흘릴 눈물은 슬픔이 아니라 오로지 기쁨 때문일 테니까.

간간이 커지는 해영의 숨소리를 듣는 동안, 수림도 괜히 눈시울이 뜨거워졌다. 참으려 했지만 잘 참아지지 않았다. 결국 둘은 오밤중에 오래오래 훌쩍거리며 서로를 다독였다.

수림은 빙그레 미소 지으며 화면을 종료했다. 해영이 당장 앞둔 인터뷰든, 아버지와의 화해든 분명 잘 해낼 거라는 확신이 들었다.

이제는 수림 자신이 잘 해내야 할 몫이 남아 있었다. 거울 앞에 서서 여전히 아름다운 얼굴을 한 자신을 뚫어지게 바라보았다. 킁, 괜스레 코를 한번 풀고 결연한 표정으로 긴 머리칼을 동여맸다. 팽팽하게 늘어난 머리끈을 마지막으로 한 바퀴 더 돌리고는 비장하게 집을 나섰다.

*

"수림아!"

수림이 부지런히 걸음을 옮기는데, 뒤통수로 귀에 익은 목소리가 들려왔다. 깜짝 놀라 뒤를 돌아보자, 반갑게 손을 흔들며 달려오는 슬훈이 보였다.

그리고 그 곁에 또 한 명의 누군가가 가만히 서서 수림을 바라보고 있었다. 딱 한 번 봤지만, 잊을 수 없는 인상을 남긴 사람. 바로 슬훈의 어머니였다. 수림이 허둥지둥 어머니께 허리를 숙였다. 기분 탓일까, 저번에 보았을 때보다 예민한 기운이 조금 누그러진 듯해 보였다.

그사이 수림과 성큼 가까워진 슬훈이 걸음을 멈췄다. 걱정이 무색하게, 그날 이후 처음 마주하는 슬훈의 안색이 평소보다 훨씬 더 좋아 보여 마음이 놓였다.

슬훈이 물었다.

"갑자기 너 지나가서 놀랐네. 어디 가던 길이야?"

"나 잠깐 학교 가고 있었어."

"일요일인데 학교는 왜?"

"으음, 약속이 있어서."

슬훈은 고개를 끄덕였다. 그리고 뭔가 아쉬운 기색으로 잠시 망설이다가 어머니를 돌아보며 말했다.

"저 잠깐만 친구랑 얘기 좀 할게요. 금방 끝나요!"

어머니가 말없이 고개를 끄덕이자, 슬훈이 수림을 끌고 몇 걸음 앞으로 나아갔다.

어머니와 함께 어딜 가고 있었는지 물어봐도 되려나? 잠시 가늠하던 수림이 넌지시 물음을 던졌다.

"너는 어디 가고 있었어?"

"아, 음……. 그게."

슬훈이 말끝을 흐렸다. 혹시 얘기하기 껄끄러우면 얘기하지 않아도 괜찮다고 수림이 말하려는 순간, 슬훈이 뭔가 결심한 듯 말문을 열었다.

"가족 심리 상담을 받아보려고."

생각지 못한 대답이었다. 슬훈은 멋쩍게 웃으며 흘낏 뒤를 확인했다.

"그날, 탐미경이 생각보다 금방 복구됐잖아. 그래도 난 한참을 고민하다가…… 탐미경을 쓰지 않은 채 집에 들어갔어. 맨얼굴로 엄마를 마주한 건 정말 오랜만이었어. 몇 년 만인지도 모를 만큼."

담담하게, 하지만 떨림이 묻어나는 목소리로 슬훈이 말을 이어 갔다.

"당연히 엄마는 놀라서 그 자리에 굳어 버리셨어. 그리고 난 엄마한테 아주 오랫동안 생각하고 골라 낸 말을 했지. 나를 똑바로 봐 달라고, 나는 아빠가 아니라고. 내가 누굴 닮았든, 나는 그냥 안슬훈이라고. 아빠를 닮았다는 이유로 내 진짜 모습을 외면하고 미워하고 싶지 않다고 말이야."

오래 짓눌려 온 무거운 감정을 떨쳐 내는 것은 쉬운 일이 아니다. 하지만 슬훈은 결국 그 모든 걸 떨쳐 내고, 자신의 진심을 당당히 드러냈다. 수림의 눈에는 그런 슬훈이 세상 누구보다도 용감해 보였다.

"내가 말을 끝내고도, 한동안 엄마는 아무 대답 없이 나를 빤히 바라보셨어. 그러다가 말씀하시더라. '그러네, 마냥 닮았다고 생각했는데 슬훈이는 슬훈이였네. 눈빛도 다르고…… 참 많이 자랐네.' 엄마도 새삼 충격을 받으셨던 것 같아. 탐미경을 써 온 몇 년 동안 내가 자라는 모습을 제대로 보지 못했잖아."

거기까지 얘기한 슬훈이 어색하게 웃음을 흘렸다. 어느새인가 아래로 떨군 눈을 조용히 깜빡이더니 숨을 크게 들이쉬었다. 이어진 슬훈의 목소리에서 복잡한 감정이 묻어났다.

"뭐, 그렇게 화해하는 줄 알았는데……. 엄마랑 데면데면했던 게 하루 이틀 일이 아니다 보니까 계속 묘한 거리감 같은 게 느껴지더라. 그래서 고민하다가 같이 가족 심리 상담을 받아 보기로 했어."

말을 마친 슬훈이 고개를 들어 올렸다. 언제나 다정한 슬훈의 눈에 여러 감정이 뒤섞여 휘몰아치고 있었다. 기대와 설렘, 걱정과 불안, 그 혼란스러움 사이에서도 꼿꼿이 존재하는 희망의 불씨가.

아, 변화하는구나.

슬훈과 그의 어머니에게서 한 걸음 앞으로 나아가고자 하는 의지가 느껴졌다.

무언가를 변화시키는 것은 아주 까다롭고 어려운 일이다. 하지만 두 사람은 결국 잘 해낼 것이다. 마음속을 강하게 울리는 확신에 수림이 응원의 마음을 담아 빙그레 미소 지었다.

그때쯤, 뒤에 서서 아들을 기다리던 슬훈의 어머니가 목소리를 높였다.

"슬훈아, 예약 시간 늦겠다."

"아, 네!"

슬훈이 수림을 마주 보며 아주 비밀스러운 이야기를 들려주듯, 작은 목소리로 속닥거렸다.

"그거 알아? 내가 엄마한테 솔직해질 수 있었던 거, 다 너랑 해영 누나 덕이야. 고마워, 그럼 내일 보자!"

슬훈은 수림의 대답을 기다리지도 않고 뒤돌아 가볍게 뛰어갔다. 슬훈의 귀 끝이 발그스레하게 달아올라 있었다.

슬훈과 어머니의 뒷모습이 나란히 사라질 때까지, 수림은 그 자리에 서서 두 사람을 바라보았다.

마음속으로 이유 모를 행복과 기쁨이 뿌듯이 차올랐다. 벅차오르는 가슴을 만끽하던 수림이 하늘을 올려다보았다. 구름 한 점 없이 새파란 하늘을 보자 용기가 샘솟는 기분이었다.

이제는 내 차례다. 입술을 꾹 깨물고 결연한 표정을 지은 수림이 천천히 발을 옮겼다.

용감하게 걸었지만, 수림의 어깨는 학교와 가까워질수록 조금씩 아래로 처졌다. 사고를 친 문제아가 된 기분에 저도 모르게 자꾸만 주눅이 들었다. 하지만 그럴수록 의식적으로 어깨를 펴려 애썼다.

쫄지 마, 한수림. 네가 뭘 잘못했어?

흠, 콧김을 뿜어내고 수림은 고요뿐인 학교의 계단을 차근차근 밟았다. 한 계단, 한 계단, 그리고 마지막 계단. 어느새 선생님과 만나기로 한 빈 교실이 코앞까지 다가와 있었다.

벌렁거리는 심장을 손바닥으로 꾹 누르고, 손가락 마디로 교실 문을 두드렸다. 똑똑, 맑은 소리를 귀로 듣고 조심스레 문을 열었다. 몇 걸음 떨어진 곳에 앉아 있던 옥수수 선생님이 고개를 돌려 수림을 바라보았다.

"수림이 왔니?"

선생님은 다행히 화가 나 있다거나 기분이 나빠 보이지 않았다. 내내 크게 혼쭐이 나는 건 아닌가 걱정했는데, 선생님의 표정을 보자 조금 안심이 되었다. 수림은 고개를 꾸벅 숙여 보이고는 조용히 발을 옮겨 선생님이 걸터앉은 책상의 맞은편 의자에 앉았다.

제법 눈치가 빠른 수림이었지만 선생님이 무슨 생각을 하고 있는지 감이 잘 잡히지 않았다. 손가락을 꼼질거리고 있자 선생님이 먼저 가벼운 안부를 물어 왔다.

"주말에 보니까 또 새롭네. 선생님이 갑자기 불러내서 곤란했을 텐데, 오늘 약속은 없었니?"

"네에. 괜찮아요."

"그래."

안부 인사는 빠르게 끝났다. 수림은 좌불안석이 되어 엉덩이를 한번 들썩거렸다. 선생님은 수림의 푹 숙인 정수리를 빤히 쳐다보면서 말을 이었다.

"숙제 봤어. 슬훈이랑 똑같이 맨얼굴 그림 그린 거."

"네에."

"점수랑은 상관없는 질문이지만, 맨얼굴을 그린 이유가 있니?"

맨얼굴을 그린 이유?

머릿속에 하나씩 떠오르는 얼굴들이 있었다. 원하지 않는 이유로 자신의 진짜 얼굴을 가리며 살아야 했던 소중한 이들, 해영과 슬훈의 얼굴이었다.

"그냥요. 탐미경을 사용한 얼굴은 설정을 바꾸는 순간 언제든 바뀌는 가짜 얼굴이잖아요. 미술 숙제는 '초상화 그리기'니까 그 사람의 진짜 얼굴을 담아야만 의미가 있는 거라고 생각했어요."

"그랬구나."

선생님은 가만히 고개를 끄덕였다. 선생님의 얼굴에 얼핏 미소가 감도는 것도 같았다. 하지만 확실하진 않았다. 몇 마디 말을 주고받았음에도 수림은 선생님이 어떤 생각을 하고 있는지 알 수 없었다.

책상 한편에 놓인 패드 위로 '가면 혁명' 이야기를 담은 언론 기사가 홀로그램으로 너울거리고 있었다. 곁눈질로 기사의 헤드라인을 읽어 낸 수림이 괜히 변명하듯 우물거리는 말투로 덧붙였다.

"그래서 저희가 한 일도 잘못된 행동이라곤 생각하지 않아요."

"참, 얌전한 수림이한테 이런 면이 있을 줄은 상상도 못 했는데."

"누구나 '진짜 얼굴'이 있는 거 아니겠어요?"

빼꼼히 고개를 들고 이야기하자 선생님이 웃음 지었다.

잘못한 거 없다, 나는! 주눅 들지 말자. 수림은 괜히 입술을 삐죽였다.

"……선생님은 어떠세요? 선생님도 탐미경이 발명된 이후로 세상이 예전보다 더 나아졌다고 느끼세요?"

선생님은 잠시 생각에 잠겼다. 톡톡, 손톱 끝으로 책상을 두드리는 소리가 고요한 교실 안에 일정하게 울려 퍼졌다.

"그런 점도 있기는 하지. 모두가 외모 콤플렉스에서 자유로워질 수 있으니까. 선생님도 탐미경이 발명되기 이전의 시대를 살았잖니. 수림이 너는 상상이 안 되겠지만, 당시에 콤플렉스가 정말 심한 사람은 남들 앞에서 웃는 것조차 마음대로 하지 못했어. 치열이 예쁘지 않아서, 광대가 너무 튀어나와 보기 싫어서, 팔자주름이 너무 깊어서……. 여러 가지 이유로 웃을 때마다 입을 가리고 얼굴을 숨겼어. 또 아주 위험한 수술을 감행하기도 했지.

멀쩡한 뼈를 깎아 내고, 피부를 끌어당기고, 보형물을 집어넣기도 하고……. 오로지 아름다워지고 싶다는 욕망 때문에 말이야. 너도 알겠지만, 지금은 아무도 그런 이유로 자기 얼굴을 가리거나 수술을 하진 않잖아."

탐미경이 생기기 전엔 그런 콤플렉스가 사람들 사이에 횡행했다는 것은 수림도 익히 들어 알고 있었다. 하지만 웃는 것조차 마음대로 할 수 없었다니. 사람에게 가장 기본적인 감정 표현조차 마음껏 하지 못하는 기분을 수림은 알 수 없었다.

"그런데 어느 순간 탐미경이 오히려 사람들에게 더 큰 족쇄가 되고 있지 않나 하는 생각이 들더라고. 외모 콤플렉스에서는 자유로워졌을지 모르지만, 이제 사람들은 아름답지 않은 걸 용납하지 못해. 그게 설령 자신의 진짜 얼굴이라고 해도……. 어떻게 보면 탐미경이 없었을 때보다 더 심하게 자신의 본모습을 인정하지 못하지."

"맞아요. 저도 처음 탐미경을 꼈을 때 깜짝 놀랐어요. 진짜 이게 나라고? 너무 낯설어서 꼭 남처럼 느껴지더라고요."

선생님은 수림을 빤히 바라보았다. 수림도 선생님의 수수한 눈매를 마주했다.

"그거 알아, 수림아?"

"뭘요?"

"사실 나는 탐미경을 쓰지 않아."

선생님의 고백을 들은 수림의 두 눈이 커졌다. 탐미경을 쓰면서 왜 굳이 평범하고 똑같은 한 가지 외형만 고집하실까 생각해 본 적은 있지만…….

수림은 꼼꼼히 선생님의 얼굴을 살폈다. 일부러 설정한 거라고 생각했던 눈꺼풀 위의 작은 점, 얇고 가느다란 입술과 콧등이 조금 볼록하게 솟아 있는 매부리코. 선생님은 언제나 진실된 모습으로 아이들을 대하고 있었다.

"언제부턴가 탐미경을 쓰지 않았지만 다른 사람들에게는 굳이 그걸 드러내지 않았지. 누가 물어보면 '저는 평범한 외모가 좋아서 이렇게 설정한 거예요' 하고 둘러대기만 했어. 남들의 참견과 간섭이 귀찮다는 이유였지만, 사실은 날 이상하게 볼까 봐 걱정됐던 거야. 그래서…… 네가 선생님인 나보다 낫구나 싶었어. 수림이가 이렇게 용기 있는 학생인 줄 정말 몰랐지."

"전…… 오늘도 탐미경을 쓰고 왔는걸요."

"그건 네 자유지. 나는 탐미경을 사용하는 것 자체가 나쁜 일이라고는 생각하지 않거든. 단지 꾸며진 겉모습 때문에 진정한 '나의 모습'을 외면하고, 미워하는 걸 경계할 뿐이야. 그러니 탐미경을 사용한다고 해서 마음 무거워할 필요는 없어. 탐미경을 사용하든 사용하지 않든, 너 자신을 부정하지 않고 아껴 줄 수 있으면 돼. 비단 겉모습뿐만 아니라…… 너를 이루는 모든 걸 말이야."

선생님이 빙그레 웃었다. 수림은 어쩐지 울 것만 같은 기분이 되었다.

"뭐, 교육자 입장에서는 스케일도 어마어마한 사고를 친 너한 테 한 소리 해야 맞는 거지만……. 그건 그냥 대충 한 걸로 치자. 어디 가서 누가 물어보면 아주 눈물이 쏙 빠지게 혼쭐이 났다고 얘기해야 한다?"

수림은 능청스럽게 윙크를 하는 선생님을 향해 흐흐 웃어 보 였다. 두 사람의 웃음소리가 교실의 흰색 천장을 통통 두드렸다. 선생님은 금세 엄격한 표정을 하고는 말했다.

"그래도 숙제는 철저히 객관적으로 판단할 거야! 대단한 일 을 벌였다고 플러스 점수 같은 건 없을 거니까 그렇게 알아. 그 럼 상담은 이걸로 끝, 또 다른 데 가서 사고 치지 말고 얌전히 들 어가."

"넵. 쌤, 감사해요. 내일 봬요!"

수림이 진심을 담아 허리를 꾸벅 숙였다. 선생님이 "허리 부 러지겠다, 녀석아." 하며 너털웃음을 지었다. 수림의 얼굴에 더 할 나위 없는 밝은 미소가 떠올랐다.

교실을 박차고 나온 수림의 발걸음이 가벼웠다.

이제야 비로소 용기가 생겼다.

'진짜 나'를 되찾을 용기가.

인파로 북적이는 주말의 거리를 달리며 수림이 가슴속 깊은

곳에서 솟아오른 더운 숨을 뱉어 냈다. 어느새 선선해진 공기를
타고 답답했던 숨이 멀리멀리 날아가 흩어졌다.

수림은 거울 속 자신의 얼굴을 바라보았다. 탐미경을 벗은 채였다. 오래전 그날과 같았으나 더 이상 세계가 뒤흔들리는 듯한 충격은 느껴지지 않았다.

자글자글 박힌 주근깨, 동그랗고 순해 보이는 눈매, 낮은 코와 제법 통통한 입술, 푸스스 흐트러지는 가느다랗고 검은 머리칼과 완만한 턱선.

수림이 손을 들어 거울 속 얼굴을 조심스레 쓰다듬었다. 한없이 수수하고 평범한 얼굴이 더 이상 밉게 보이지 않았다.

이것은 수림의 얼굴이었다.

가장 수수하지만 가장 찬란한, 나의 얼굴이었다.

람미경
얼굴을 바꿔 드립니다

첫판 1쇄 펴낸날 2026년 4월 30일

지은이 최세화
발행인 조한나
편집 박고은 정예림 강민영
디자인 한승연 성윤정 김혜은
마케팅 문창운 김인진 김은희
회계 양여진 김주연

펴낸곳 (주)도서출판 푸른숲
출판등록 2003년 12월 17일 제2003-000032호
주소 서울특별시 마포구 토정로 35-1 2층, 우편번호 04083
전화 02) 6392-7871~7874 **팩스** 02) 6392-7875
인스타그램 @psoopjr **이메일** psoopjr@prunsoop.co.kr
홈페이지 www.prunsoop.co.kr

ⓒ 최세화, 2026

ISBN 979-11-7254-626-7 44810
     978-89-7184-419-9 (세트)